未的史
尚成历
完

从《子夜》到《白鹿原》的中国新文学之变

张宇奇 著

天津出版传媒集团

天津人民出版社

图书在版编目（CIP）数据

尚未完成的历史：从《子夜》到《白鹿原》的中国
新文学之变 / 张宇奇著. -- 天津：天津人民出版社，
2023.10

ISBN 978-7-201-19657-2

Ⅰ．①尚… Ⅱ．①张… Ⅲ．①中国文学－文学史研究
Ⅳ．①I209

中国国家版本馆CIP数据核字（2023）第150696号

尚未完成的历史：从《子夜》到《白鹿原》的中国新文学之变
SHANGWEI WANCHENG DE LISHI：
CONG ZIYE DAO BAILUYUAN DE ZHONGGUO XIN WENXUE ZHI BIAN

出　　版	天津人民出版社
出 版 人	刘　庆
地　　址	天津市和平区西康路35号康岳大厦
邮政编码	300051
网购电话	（022）23332469
电子信箱	reader@tjrmcbs.com

责任编辑	郑　玥
封面设计	今亮后声

印　　刷	北京中科印刷有限公司
经　　销	新华书店
开　　本	880毫米×1230毫米　1/32
印　　张	8
字　　数	163千字
版次印次	2023年10月第1版　2023年10月第1次印刷
定　　价	48.00元

序 言

韩毓海

哲学社会科学的研究是一个不断发现问题、筛选问题、解决问题，并在现实中验证解决方案的过程。问题是时代的号角，是时代表达自己最强烈、生动的呼声，一切人类哲学社会科学经典都是从问题出发的。

钱钟书先生曾经调侃说：一般的博士论文，就像为了结婚而进行的恋爱一样索然无味。这虽系笑谈，但幽默调侃中包含着无奈的犀利则使人感慨，看多了这样"没有问题意识"的码字，再读张宇奇的这部作品，便会为他强烈的问题意识所打动。

本书篇幅不长，却提出并针对我们时代最重要的问题之一——什么是封建？中国古代之"封建"与西方之"封建"区别何在？特别是中国的现代文学创作，如何极大地丰富了"封建"这一抽象的概念与范畴？

作者所针对的核心问题是——中国的现代革命进程被定义为"反帝反封建"的进程，但中国之"封建"与西方之"封建"含义却又相当不同，而辨析这种不同，就是寻找并回答什么是"中国特色"的关键一步。

那么，什么是西方的"封建"呢？作者认为，总体来说，西方的"封建"具有以下三个基本特征：一个高度专业化的武士等级的形成、作为经济基础的领主所有制、地方性统治。以此区别于东方与中国。

众所周知，在《政治经济学批判》中，马克思便以"亚细亚所有制"来定义东方的所有制并与西方的"封建"所有制相区别。而马克斯·韦伯在《中国的宗教》中，则进一步从"支配的社会学"视野提出，西方的封建制是由法兰克、日耳曼在推翻罗马帝国的进程中创建的一种武士制度；与军事暴力的榨取不同，中国传统的支配方式是建立在宗族制度基础之上的家长制，随后又发展为以"士人"为核心的官僚薪俸制和乡绅地主制度，因此中国传统的支配方式，远比西方封建的暴力榨取方式要复杂得多。

在此基础上，韦伯通过把中国模式排除出去的方式，建立起典范性或者典型性的"封建"范畴。根据这个典型的"封建"范畴，中国不可能从西方式的封建社会进入现代社会。

在韦伯看来，中国难以经西方的"封建"进入西方式的"现代"，这是由中国传统的社会权力构成方式之"缺陷"决定的。在《中国的宗教》一书中，韦伯对中国传统社会的批评主要集中在以下几个方面：一、家法高于国法，家法操纵在宗族手中，因此不能形成一个普遍性的法律体系；二、没有国家主权货币，无法形成国家信用，因而不能发展出现代资本投资体系；三、社会支配力量不是"经济—劳动"的积极因素，而是宗族和以"士人"官僚为核心的消极力量。

张宇奇的这部作品继承了西方哲学社会科学的丰富遗产，但与韦伯将"封建"本质化的做法不同，也与一度流行的后现代"解构"方法不同，作者所采用的基本方法是——既然"封建"与"反封建"是中国现代进程的重要动力，也是建立现代中国思想、意识形态的基本话语支柱，那么，我们不能因为中国与西方对"封建"的理解不同，就简单放弃使用"封建"这个范畴。从这个意义上说，将"封建"范畴本质化，固然不能解释中国的问题，但是对于"封建"和"反封建"采用"后现代主义"的"解构"立场，则不仅是简单化的，更是非历史的。于是，对诸如"封建"这样的基本范畴，我们应该采用的方法，首先不应是韦伯那种排他式的，即采用从"多"中抽象出"一"的纯粹的抽象思维的方法，而必须采用从"一"到"多"的形象思维的方法——具体说，就是立足中国的"封建"与"反封建"实践，使"封建"这一本质化的范畴更加丰富、更加开放、更加多元、更加鲜活，也更加具有当代意义。

文学的方式是"形象思维"。因此，本书的主要特点就是从现代文学的经典著作出发，重新检视哲学社会科学中的"封建"范畴，以丰富多彩的文学叙述，去解说抽象的"封建"概念。

作者提出了一系列具有创新性的观点，如运用金融资本的力量"反封建"，这是《子夜》所揭示的中华民国或者国民党追求现代的一个基本主题，而这个主题在过去的研究中被忽略了。以生产特别是现代产业为核心建立现代中国的社会科学理论，则是在"中国社会性质论战"中形成的基本观点。共产党的现代叙述，主要是在这次论战中发轫的，而这场论战的意义，在过去研究中较少受到重视。从权力的支配方式——人际关系网络去分析中国农村的社会结构，而不是简单地从经济所有权出发，这是丁玲的长篇小说《太阳照在桑干河上》最为独特之处，而丁玲视野的这种独特性，也是过去的分析没有触及的。

作者进一步提出：形成以"劳动—生产"为主体的新的社会结构，建立普遍性的"民族—人民"意识形态以及普遍性的法律体系，这是中国反封建革命的目标，也是建立现代民族国家的基本方式。但是，与西方的现代民族国家不同，中国的现代进程不是全然竞争性的，互助、合作始终是中国现代进程的一个重要方面。这决定了中国反封建进程的内在动力和超越西方民族国家的"文明"的面向。"竞争"与"互助"是此消彼长又彼此联系的两种现代话语。从这个意义上说，作者对于《创业史》和《白鹿原》的分析，揭示的正是中国现代道路的丰富性与复杂性。

一部好的作品一定是从问题出发的，而一个问题解决了，新的问题产生了，解决问题、发现问题，这是一个无穷的实践、探索过程。因此，优秀的作品，一定是从问题出发，引导我们进入更为深刻、复杂的问题。思想的工作不是使一个范畴、概念更加本质化，而是使一个范畴、概念更加丰富化，更加多元化，更加具有开放性、实践性。它不是给我们一个简单的结论，而是为不断深入的探索开辟道路。

这是张宇奇这部作品最为可贵之处，希望本书的出版会有助于读者对"封建"问题进一步的、更为深入的探索。

目 录

1

引　论

中国现代进程与马克思主义中国化

一、"反封建"旗帜的倒下——从"重返五四"到"重估五四"

1922年7月，中国共产党第二次全国代表大会在上海召开。大会首次提出了中国革命的根本主题——"反帝反封建"，并于会后发表了《中国共产党第二次全国代表大会宣言》。

宣言深刻分析了华盛顿会议（1921年）之后的世界局势，提出：当前，帝国主义把资本积累的中心转移到亚洲，西方列强在中国划分势力范围，从而造成了各帝国主义列强分别扶植不同军阀势力的局面——日本通过张作霖控制中国北方，英国通过吴佩孚控制长江中游，而美国支持陈炯明控制广东等。宣言还分析了通过控制银行和投资来掠夺中国的新的帝国主义方式，揭示了美国对中国进行资本、金融控制与日本对中国进行领土控制这两种帝国主义掠夺方式，并指出了这两种方式之间的矛盾。

中共二大运用马克思主义的基本观点，对中国社会性质进行了比较准确的分析，指出中国社会的特殊性在于：一方面是封建势力与帝国主义结合，从而形成各帝国主义列强支持下的"军阀混战"的局面；另一方面则是资本主义工业化远未到来——帝国主义列强在政治、经济上具有支配中国的实力，因此中国的一切重要的政治、经济事务，没有不受他们操纵的。经济方面，中国尚停留在半原始的家庭农业和手工业阶段，离工业资本主义化时期还是很远；政治方面，还处于军阀官僚的封建制度把持下。[①]

二大宣言指出，中国革命的当前任务是实现民主主义革命的胜利，其目标就是打倒封建军阀、反抗帝国主义、实现国内和平和中华民族完全独立，统一中国为真正的民主共和国。

从那时起，随着对中国社会性质（"半殖民地半封建"）认识的不断深入，随着中国革命目标的日益明确，最终形成了新民主主义革命的总路线——无产阶级领导的，人民大众的，反对帝国主义、封建主义的人民大革命。正是在这一总路线的指引下，中国革命取得了胜利。

正如毛泽东所指出的，新民主主义的文化，"就是无产阶级领导的人民大众的反帝反封建的文化"，而它的源头，就是"五四新文化运动"。

长期以来，中国现代文学史的基本框架，与中国现代史的发展方向是一致的，如唐弢、严家炎主编的《中国现代文学史》（三卷本）即开宗明义地指出："五四"以来的新文学就是"反帝反封建"的文学。

在 20 世纪的前半叶里，"反帝反封建"既是新民主主义革命的主题，也构成了新民主主义文化的全部基础。在这个关联且统一的主题之下，"封建"与"反封建"成为中华民族自我认识与自

---

① 参见中共中央文献研究室、中央档案馆编：《建党以来重要文献选编（1921—1949）》（第 1 册），中央文献出版社 2011 年版，第 128 页。

我批判的重要动力，又是在"反帝"与"救亡图存"的时代氛围中急需解决的历史课题。"反帝"与"反封建"两者如两个啮合的齿轮彼此互动。正如毛泽东指出的那样："民族革命和民主革命这样两个基本任务，是互相区别，又是互相统一的。"

20 世纪 70 年代末，"反帝反封建"主题开始发生微妙的变化，主要表现为：作为"新文化运动"的"五四"与作为针对"巴黎和会"的"学生运动"的"五四"被区别开来——"新文化运动""反封建"的主题与学生运动"反帝"的主题被区别开来。前者开始被孤立地强调，而毛泽东《新民主主义论》的主要论断，逐渐开始被选择性地引用，意图强调五四运动"反封建"的文化意义："五四运动所进行的文化革命则是彻底地反对封建文化的运动，自有中国历史以来，还没有过这样伟大而彻底的文化革命。当时以反对旧道德提倡新道德、反对旧文学提倡新文学为文化革命的两大旗帜，立下了伟大的功劳。"[①]

与此同时，"反帝"则逐渐不再处于地缘政治与意识形态斗争领域的重要位置，而"反封建"作为"未完成的历史任务"，逐渐成为20 世纪 80 年代文化意识形态的单核，这就是"新启蒙运动"的滥觞。

"新启蒙运动"是从对"封建主义"的反思开启的，中国知识界几乎是不约而同地通过"重返五四"的方式，力图在塑造新的历史维度的基础上，为批判活动开辟空间。在这方面，改革开放

---

① 《毛泽东选集》（第 2 卷），人民出版社 1991 年版，第 700 页。

后通过的第一篇文科博士论文最具代表性。

王富仁在其博士论文中提出《呐喊》《彷徨》的重要性主要在思想文化革命的实践中，而不在政治实践中；鲁迅的著作，是一面中国"反封建思想革命的镜子"。与此同时，黄子平、钱理群、陈平原提出了"二十世纪中国文学"的整体观念，把"走向世界文学"作为中国现代文学的基本方向。在这里，所谓的世界文学其实就是西方文学，而西方文学是西方现代价值观的承载者，代表着"历史的终结"和"人类普遍价值"。

从这个意义上说，王富仁在其博士论文中喊出的所谓"回到鲁迅""回到'五四'"，实际上就是回到以世界文学为标志的西方"普世价值"，并继续完成"五四新文化运动"所未完成的现代任务——"反封建"（即"补课论"）。用黄子平的话来概括：

> 这一"整体观"的背后，是新时期文学与"五四"新文学之间呈现出的"否定之否定的关系"，它以"未完成的历史任务"的"悲剧感"塑造了"二十世纪中国文学"的整体，而长期以来，这个整体，早已被现代文学、当代文学的划分所割断。[①]

在某种程度上，"重返五四"、重启对"反封建"的思考，成为彼时中国文学走向世界、完成现代性转换的必要前提。这一轰

---

① 黄子平、陈平原、钱理群：《二十世纪中国文学三人谈》，人民文学出版社 1988 年版，第 30 页。

尚未完成的历史

轰烈烈的"新启蒙"思潮一直延续至 20 世纪 80 年代末，直到被"新保守主义"的"重估五四"所代替。

20 世纪 80 年代末，一些华裔美国学者发起了对"五四"以来"激进主义"路径的批判，他们接续了蒋介石在《中国之命运》一书中对"五四新文化运动"的严厉指责，认为：正是"五四新文化运动"摧毁了中国士大夫阶级所代表的传统文化，并以激进的苏俄的党派政治文化取而代之。

这实际上是对现代中国革命政治意义的全面否定，对"五四""反传统主义"的全面否定，企图对传统文化现代性价值进行重新认识和定位。

随着西方和"国民党史观"的引入，中国与西方两条判然不同的道路、两种截然不同的历史，逐渐被构造出来——自古希腊城邦制度确立以来，西方就完成了从僭主专制向民主制度的转变，而随着秦朝郡县制的确立，中国则从"百家争鸣"的分封制，走向了专制集权的大一统。

与此同时，作为 20 世纪 80 年代末的重大文化事件之一，顾准遗著《从理想主义到经验主义》被重新发现，使顾准成为批判卢梭式的"人民专制"的先行者。按照顾准的发现，西方有两条道路：一条是卢梭开启的"人民专制"的道路，另一条则是洛克开启的"自由主义"的道路。前者是"理想主义"的，后者是"经验主义"的。

顾准早期的另一部作品《希腊城邦制度——读希腊史笔记》

则以中西比较的方式，指出了希腊城邦民主制与秦以来的郡县专制之间的历史对立。他别开生面地论述道：中国郡县专制制度的形成与军事制度的革新有着密切的关系。他所说的"军事制度的革新"，特指魏晋南北朝时期马镫技术在中国的率先成熟。顾准晚年在对《马镫和封建主义——技术造就历史吗？》的点评中指出："倘若上面对下面的权利是绝对的，不可反抗的，那就是绝对军权，就是专制主义，就不是封建制度了。"[①] 也就是说，顾准率先将"封建主义"与"专制主义"区分为两种不同的社会形态，认为中国自秦至清是属于"中央集权的专制主义国家"，而"封建"则是西方特有的分权制度，正是沿着这条"分权封建"的道路，西方从古希腊的城邦民主，走向了近代的自由主义。

从"重返五四"的"反封建"，到"重估五四"的"泛封建"——核心在于指出中国自秦以来实行的是郡县专制，而不是西方式的分权封建，郡县专制是要彻底否定的，而分权封建则是可以扬弃转化的——这一思路也在文化保守思潮的背景之下不断迭进。

顾准对"封建"与"专制"的辨析，成为从"反封建"论到"泛封建"论转变的重要先声，而在顾准之后，李慎之、王元化又将这一进程引向曲折。

李慎之与王元化有着相似的人生经历，两人都参加了

---

① 顾准：《顾准文集》，贵州人民出版社 1994 年版，第 305 页。

"一二·九"学生运动，也都曾在新中国成立初期身居要职——李慎之曾任包括周恩来在内多位中央领导的英文秘书，王元化曾任上海新文艺出版社副社长等职务。在新中国成立之后的政治运动中，两人又由于各种原因遭受打击，且又曾在20世纪80年代之后被重新任用——李慎之被平反后曾担任邓小平的外交助理，而后又任中国社会科学院副院长，并在1981年受命组建中国社会科学院美国研究所；王元化也曾履任上海市委宣传部部长、上海社会科学院学术委员会委员等职务。

在20世纪90年代批判激进、弘扬文化保守的思潮中，李慎之、王元化二人皆不遗余力地发掘、评价顾准的思想贡献，他们虽然对"五四"是否过激这一问题持不同观点，但在为"封建"概念正本清源方面却达成了一致。

1993年，李慎之以保持中国人的"中国性"为立场，在《"封建"二字不可滥用》一文中指出：

> 时下所说的"封建"以及由此而派生的"封建迷信""封建落后""封建反动""封建顽固"等等，并不合乎中国历史上"封建"的本义，不合乎从feudal，feudalism这样的西文翻译过来的"封建主义"本义……它完全是中国近代政治中为宣传方便而无限扩大使用的一个政治术语。[①]

---

① 李慎之：《"封建"二字不可滥用》，《文汇读书周报》1993年10月13日。

此后的几年时间里，李慎之又多次撰文指出，由斯大林提出的"五种社会形态论"不能涵盖一切社会的发展历程，而以"封建社会"为秦至清以来的历史阶段命名颇为不妥。进而，李慎之提出了用"皇权主义"或"皇权专制主义"替代"封建主义"的想法。

从这个角度出发，李慎之对"五四新文化运动"再次进行了重估。他指出："五四"开启的方向不是"人民民主"，而是"个人自由"，"五四"的主题也不是"反封建"，而是"反专制集权"——这种专制集权，就是由秦以来的郡县制度所奠定的，而这种制度又与以儒家为代表的"中国性"背道而驰。

在五四运动80周年之际，李慎之在《重新点燃启蒙的火炬——五四运动八十年祭》一文中力图将自由主义与儒家的分权思想重新调和，他明确地说："'五四'先贤的思想倾向就是三百年来早已成为世界思想的主流正脉的自由主义和个人主义。"[1]他们所针对的，即自秦以来的专制主义，而以儒家思想为指引的中国的封建，未必抑制自由，"历览前史，中国的封建时代恰恰是人性之花开得最盛最美的时代，是中国人的个性最为高扬的时代"[2]。

在王元化那里，"重估五四"与"重塑封建"概念也是同时发生的。与李慎之集中于对秦始皇的批判不同，王元化在20世纪

---

[1]　李慎之：《重新点燃启蒙的火炬——五四运动八十年祭》，《太平洋学报》1999年第四期。
[2]　李慎之：《"封建"二字不可滥用》，《文汇读书周报》1993年10月13日。

90年代的反思始于对卢梭的"公意"论与法国大革命的批判，即对"人民专制"的批判。他认为"公意"与法国大革命的结合，实则是将价值理性与国家捆绑在一起，虽高扬人民主权，却无视个体与特殊性，完全背离了自由、平等的初衷。

王元化认为，所谓"启蒙"，就是对一切既有的范畴进行批判和重估。其中就包括"人民"这个范畴，更包括"封建"与"反封建"，甚至包括"五四"本身。

在《对于五四的再认识答客问》中，王元化指出：

> 对五四的再认识，首先就要打破既定观念。17、18世纪的启蒙先驱者，将任何问题，不管是宗教的、自然的、道德的，都摆在理性的法庭上重新认识。如果不重新估价那些已被接受的既定观念，那就根本谈不到启蒙。这是我对五四进行反思主张新启蒙的由来。①

也正是在这篇问答式的文章中，王元化在对话的开始，便回到了大革命失败后陈独秀晚年的观点：中国的传统思想、传统制度与资本主义并不矛盾，中国的传统制度也并非西方的封建制，因而中国走向现代化不必经过一个"反封建"的过程。

于是，王元化将视野拉回至20世纪30年代的中国社会性质论争，乃至"托派问题"，并认为必须对"反封建"的必要性进

---

① 王元化：《对于五四的再认识答客问》，《开放时代》1999年第3期。

行重估：

> 我们头脑中有很多既定观念，日积月累成为习惯力量。再估价就是改变这些既定观念，重新清理这些东西。反封建这一提法，有人不赞成。关于中国封建社会是从什么时候开始的？大陆的研究者曾有几种说法。不管这些说法如何，有一点应该肯定，秦始皇统一中国后，就已经不再是封建制了，比较准确的说法是君主专制中央集权的大一统政体，这跟西方说的"封建制度"完全两样。反封建在大陆成为普遍的说法，应该上推到30年代早期中国理论界关于中国社会性质和中国革命性质问题大论战的时候，那时上海生活书店就这两大论战出版过两本书。据我所知，当时毛泽东把中国社会性质定为半殖民地半封建社会，中国的革命性质自然也就相应为反帝反封建了。不过这一说法究竟是什么人提出的，我尚未去详考。那时，如果有人说中国是资本主义社会，那就会被疑为托派。[①]

在告别革命的世纪末氛围中，李慎之与王元化等学术领袖，以各自的方式回应着告别革命的呼声，又通过釜底抽薪的方式提出，必须对"反封建"进行再估价，言下之意即"反封建"的革

---

① 王元化：《对于五四的再认识答客问》，《开放时代》1999 年第 3 期。

命任务，因学理不通，自然要走下历史舞台，而代替它的，就是以自由主义思想为旗帜的"反专制"的"新启蒙"。

于是，以哈耶克为代表的新自由主义思想随即成为 20 世纪 90 年代反思激进主义、"文化保守主义"思想倾向的重要源泉。这一新的文化保守思潮表现为"国学热""儒学复兴"等形式，并通过反思 20 世纪 80 年代的"文化热"、反省"五四"乃至近代以来的激进主义思潮，开启了对 20 世纪知识分子文化立场与学术态度的重估。

二、"宗法—地主"制度——"封建"的中国特色

何谓"封建"？

在谈论这个问题的时候，首先需将中国之"封建"、西欧之"封建"，以及马克思所论述的"封建"概念相互对照。

西方的"封建"，是在法兰克蛮族推翻罗马帝国的进程中形成的范畴。10 世纪初，feudum 和 feus 这样的说法率先出现在法国南部。这个词根不是罗马词汇，而是源自法兰克语的 fehu。"封建"一词的意思一开始是正面的，与"自由"相近。根据这个词，推翻西罗马帝国的法兰克人被描述为自由的先驱者，而罗马特别是罗马法则，才是"暴政"的根源。这种将法兰克人（武士贵族统治阶层）的自由与高卢罗马人（奴隶阶层）对立起来的论点——"法兰克征服论"，长期支配着法国绝对君主制时代，乃至大革命时代法国的政治思想。

英国关于贵族自由和贵族代表自由的思想，其实也来源于此，英国立宪的实质，就是确保贵族、上院以及国王的权力免受下院、平民的威胁。

自孟德斯鸠开始，"封建"的含义即发生了翻转。为了建立普遍的国家法律体系，孟德斯鸠在《论法的精神》（1748 年）中把封建法看作公共权力解体、法国国家碎化为地方性统治的祸首；"封建"被视为地方势力猖獗，造成国家权力"一盘散沙"的根源，而王权则致力于克服这种碎化状态。伏尔泰则认为，封建制度导致国家权力被无数小暴君分割，这种现象不仅出现于欧洲，在亚洲也能看到。从此，"封建制度"成为一种政治体制，它首先与中央集权制的君主制相对立。

在《百科全书》中，狄德罗认为"封建政体"是一种典型的非法体制，因为它是一种一边反对国王、一边对人民进行暴力压迫的等级制。狄德罗以"人民"的名义审判这种暴力压迫的等级制："贵族和教士长期垄断以全民族的名义发言的权利，或自称是民族的唯一代表"，人民（民族中众多的劳动者）却不能为自己申辩。"封建政体无非是毫无力量的君主与备受贵族压迫和鄙视的人民，这些武装的贵族既反对君主也反对人民。"

狄德罗的观点启发了《论特权：第三等级是什么？》的作者西耶斯。后者将民族而非人民的平等奠基于法律之上，并指出法兰克推翻罗马，其实就是野蛮暴力对于文明民族的征服。针对"法兰克征服论"，西耶斯对贵族（和教会）——"封建制度下的

掌权者"和"特权者"的权利进行了历史性的批判。与此相应的
是，1789年6月17日，法国三级会议在三个等级合并后成为国
民议会，并在8月11日的法令中宣布废除封建制度。

在从"人民"向着"阶级"范畴过渡的进程中，"民族"成了
一个中介或者桥梁，西耶斯已经把民族（Nation）看作经济联合
体、"工商业民族"和"劳动民族"。他认为，当"等级"（états）
被废除后，取而代之的是由经济地位决定的"阶级"（classe），
而阶级概念、阶级分析随后也被运用到对封建制度的批判中。

作为工业主义者的空想社会主义者，圣西门（Claude Henri
de Saint-Simon）把对"法兰克封建制"的批判推进了一步，那
就是用工业化的合作批判封建的暴力掠夺。在圣西门的弟子们于
1828—1830年撰写的《圣西门学说释义》中，一个没有阶级和统
治权的"世界合作社"成为其追求的目标。在那样的世界，"人的
统治"将被"物的统治"取代；新社会的决定性因素是劳动，而非
与生俱来的权利和征服得来的权利。财产是产生剥削的根源，以领
主和农奴形态出现的封建制度同样存在一种剥削关系。在这个问题
上，圣西门和他的弟子们显然吸收了"法兰克征服论"——根据这
个理论，法国存在两个阶级：作为统治者的法兰克人和作为奴隶的
高卢罗马人，后者为主人从事农业和手工业生产。

日耳曼人与法兰克人是扫荡罗马帝国的两个主力军，把日耳
曼人从暴力野蛮的掠夺者形象中拯救出来是德国古典历史哲学的
任务，也是唯心主义辩证法的目标。根据这样的历史辩证法，"封

建"只是历史辩证法的一个阶段，不过是以下三个历史步骤中的一个：从古代日耳曼人的自由理想状态到以暴力法权和篡夺为基础的封建主义的畸形状态，再到现代的自由宪政体制。在黑格尔以"劳动和斗争"为核心的历史辩证法中，以战争和暴力为基础的封建统治，必将被以和平为宗旨的资产阶级劳动体制取代。

第一次指出不能用欧洲的"封建"范畴来概括亚洲情况的人是马克思，为了进行这种重要的区分，马克思发明了"亚细亚所有制形式"这个重要范畴。欧洲文化之外（包括俄国）的农业结构，被称为"亚细亚"资本主义生产方式而非"封建"的资本主义生产方式。马克思在《〈政治经济学批判〉导言》中又区分了亚细亚、古代、封建和现代资本主义生产方式。

着力把欧洲的"封建"与东方制度区分开的是马克斯·韦伯。他区分了建立在军事占领基础上的西方"采邑制"封建主义和东方"薪俸制"封建主义。前者的治理者是武士，后者的治理者是官僚。武士的财富来自榨取领地，官僚的收入来自国家的俸禄与作为商品的土地买卖。

韦伯从政治学和社会治理的角度入手区分东方与西方。他认为，这种区别不仅是所有制形式的不同，也是统治方式或者说治理方式的不同。总体来说，中国的治理方式不是以暴力掠夺为主，而是以薪俸和商品买卖为主。

总体来说，西方的"封建"具有以下三个基本特征：高度专业化的武士等级的形成、作为经济基础的领主所有制、地方性统治。这三个基本特征，是西方封建主义的三大标志性特征，并以此区别于东方，区别于中国。

客观来说，西周特别是秦以来的中国社会，总是对自己的历史有所继承，当然也有所变革，它们的起承转合构成了绵延两千余年且独具中国特色的历史发展。

在继承、延续方面，基于农业自然经济的宗法制度，可被视为一种主要力量，也可以说是中国之封建的一个鲜明特点。

何谓"宗法"？

北宋张载曾在《经学理窟》中专辟《宗法》一篇，此文也被视作"宗法"一词的基本出处。文中说：

> 宗法不立，则人不知统系来处。……宗子之法不立，则朝廷无世臣，且如公卿，一日崛起于贫贱之中，以至公相，宗法不立，既死，遂族散，其家不传。……如此则家且不能保，又安能保国家。[①]

"家且不能保，又安能保国家"，所谓"宗法"之核心，就是家国一体。

家国一体，是中国之封建的特色，也是中国制度发展的内在延续性之所在。

首先，家族势力的扩大与商周领土的扩张是一个同步的过程。

---

① 张载：《张载集》，中华书局 1978 年版，第 259 页。

封建制的基础是等级制，而这种等级制的基础，就是家族的嫡庶关系。

"列爵曰封，分土曰建"，在中国传统语境中，"封建"本义指的是殷周时代的分封制度，它以商汤、盘庚、武丁时期的氏族分封而生。司马迁所说："契为子姓，其后分封，以国为姓，有殷氏、来氏、宋氏、空桐氏、稚氏、北殷氏、目夷氏。"[①]按照姓氏为单位来建立封国，便是商代创立的封建雏形。

西周时期的封建制被公认为中国封建制的典型，它也是在周人征服殷人的过程中产生的。早在周文王时期，文王制下的周人便已开始逐步脱离氏族共同体，并在王畿内通过分封制的方式促使周人扩张领土。当殷周交替之际，"朝廷—家族"这两种制度也在交互相融，遂而产生了以"嫡庶家族制—朝廷等级制"之结合的西周封建。

《左传》对西周的封建制有经典的描述：

> 故天子建国，诸侯立家，卿置侧室，大夫有贰宗，士有隶子弟，庶人工商，各有分亲，皆有等衰。是以民服事其上，而下无觊觎。[②]

---

① 司马迁：《史记·殷本纪》，《史记》（卷三），中华书局1999年版，第80页。
② 左丘明：《左传·桓公二年》，《左传》（卷二），山西古籍出版社2004年版。

昔周公吊二叔之不咸，故封建亲戚，以藩屏周。[①]

"周公封建"，就是"天子建国，诸侯立家"。

具体而言，"天子建国"即所谓"建封国"的特权，分封诸侯、营建封国是周天子的权力，周天子通过"册命"的形式"封土授民"，并辅以"典礼"与"文法"等形式："封诸侯于庙者，示不自专也。明法度，皆祖之制也，举事必告焉。"[②]而受封对象大体包括：姬姓同姓、"先圣王"（神农、黄帝、尧、舜、禹）之后代，以及有功的异姓等。

所谓"诸侯立家"，就是在"封国"之内，卿大夫供职于诸侯，诸侯封赐卿大夫采邑权，但"所谓采者，不得有其土地人民，采取其租税尔"。诸侯臣属于周天子，按期纳贡、提供军赋力役，在封国内依嫡庶秩序世袭统治权，分封庶子为卿大夫。

总的来说，"普天之下，莫非王土；率土之滨，莫非王臣"所形容的，便是"朝廷等级制度—家族嫡庶制度"互为表里、紧密结合的典型的西周封建社会形态。

家国一体是中国传统制度的特色，而从西周分封制到由秦至清的郡县制的演进过程中，这一特色的延续就体现在家国观念的发展、融合、转化当中。

---

① 左丘明：《左传·僖公二十四年》，《左传》（卷五），山西古籍出版社 2004 年版。
② 班固：《白虎通·爵篇》，《白虎通义》（卷一），上海古籍出版社 1992 年版。

自战国时期以来，法家便提倡以"法治"代替"礼治"，而儒家则坚持"复礼""归仁"，但其要害，还是走"折中道路"——齐国的管仲学派独树一帜，在管仲佐政时期，以"礼法并用"为治国之道，一方面将以法治国作为治理国家的顶梁柱，君臣贵贱皆要从法；同时又强调礼义廉耻的重要性，提倡道德教化以维系国家。汉代集此论之大成，百家"殊途而同归，百虑而一致"，新儒学思想体系逐步形成，到汉武帝时期，董仲舒以儒学为本，兼收并蓄，最终形成以公羊学为主体，以天人感应为基础，且包纳诸家学问的思想体系，而这也自然将礼、法融入其中，并延传后世。

宋代的儒家，其基本主张仍是家国一体，但他们所说的"家"，不仅与自西周以来的宗法相联系，更与地主阶级的土地所有制密不可分。

张载所说的"宗法"，是"宗子之法"的简称，它成型于西周时期，是由父系氏族制演化而来的嫡长子继承制，关系到氏族内部族长的选定、继承与权力行使等诸多方面。在张载看来，"宗法"从政治层面说起到维系宗族、世家大族的作用，更关乎朝代延续、国家安危。"家族—宗法"制度，是"王朝—国家"制度的基石，聚族而居的生活方式自然要求基层社会具备以"宗法"为支撑的制度与观念。民间的祠堂、祖庙、族谱、族法等皆为其表现形式，而敬祖、孝悌、乡里乡党、同族一气等，也都是宗法观念的体现。"亲亲也，尊尊也，长长也，男女有别"长期成为与宗法意识相匹配的社会主流价值观念，也促成了秦汉以降两千余年中国历史的独特性。

但是，更为重要的是家族制度的经济基础。这个基础就是土地生产资料的商品化，土地可以买卖——这是中国传统制度不同于欧洲封建制度的一个根本特点。

中国土地生产资料的商品化渊源由来已久。春秋时期鲁国的"初税亩"，就象征着领主"公田"之外"私田"的崛起。从"田里不鬻"到土地私有化，这种演进轨迹形成了中国区别于西欧封建领主制的"地主制"，进而贯穿了自秦之后的朝代。

费正清曾将中国周秦以来的土地制度归为一类，并与欧洲、日本中世纪的土地制度相区分：

> 封建主义这个词就其用于中世纪的欧洲和日本来说，所包含的主要特点是同土地密不可分。中世纪的农奴是束缚在土地上的，他自己既不能离开也不能出卖土地，而中国农民则无论在法律上和事实上都可自由出卖或购进土地（如果他有钱的话）。[①]

土地的买卖与商品化，带来了中国特有的"地主制"经济，其主要特点之一为"租佃制"的经营方式。

随着各个朝代的演进，土地兼并、社会阶层分化的情形愈演

---

① 费正清：《美国与中国》，张理京译，世界知识出版社1999年版，第32页。

愈烈，"富者田连阡陌，贫者无立锥之地"的现象逐渐增多，遂而使贫者不得不投靠富者。不论是"分成制"抑或是"定额租制"，佃户终究要在租佃关系之下接受地主的支配，而地主阶层主导的中国地主制经济虽然是以自然经济为基础，但它又对商品经济有着较强的适应性，如吴承明曾指出：地主制经济能够较大限度地容纳商品经济，能够利用商品货币关系，在生产关系上做出某些调节，也可理解为能够在地主、商人、放高利贷者的不同身份间相互转换，故而能在漫长的历史时期中延长自己的生命。

从北魏至中唐，"均田制"逐步由于土地兼并而趋于瓦解，而宋代以来土地政策为"不抑兼并""贫富无定势，田宅无定主，有钱则买，无钱则卖"的情形越发普遍，由此又促使"地主制"与"宗法制"紧密地联系起来。

北宋时期有程颐、张载等人推崇"收宗族，厚风俗，使人不忘本，须是明谱系世族与立宗子法"[1]，南宋时期的朱熹也同样强调"明谱系，收世族，立宗子法"的必要性，其目的皆是为了巩固地主阶层的向心力与价值伦理。更直接地说，宋代的士大夫本身也属于地主阶层，地主豪族的兼并被他们视作为国守财戍边、输纳贡赋的优良之选。南宋叶适曾在《民事》中将地主富人的作用生动概述为"为天子养小民"：

> 小民之无田者，假田于富人；得田而无以为耕，借

---

① 张载：《张载集》，中华书局 1978 年版，第 259 页。

> 资于富人；岁时有急，求于富人；其甚者，庸作奴婢，
> 归于富人；游手末作，俳优伎艺，传食于富人；而又上
> 当官输，杂出无数，吏常有非时之责无以应上命，常取
> 具于富人。然则富人者，州县之本，上下之所赖也。富
> 人为天子养小民，又供上用，虽厚取赢以自封殖，计其
> 勤劳，亦略相当矣。[①]

富人乃"州县之本"，因此也是基层民事之根基所在，作为
"民事"之本、州县之本、固国之本，皇帝需要依靠地主阶层的基
层治理，游民、贫民、小民必须依靠地主来维持生存，而科举制
的兴盛又将地主阶层人员吸纳进朝廷州县做官。内与宗法相结合，
外有郡县制的运作支配，地主制在宋代趋于成熟和鼎盛，这是自
周秦之变以来的另一个特色。

总览秦汉以来地主制的发展格局，马端临《文献通考·自序》
中的一段概括表述出了地主制强大的生命力：

> 故秦、汉以来，官不复可授田，遂为庶人之私有，
> 亦其势然也。虽其间如元魏之泰和，李唐之贞观，稍欲
> 复三代之规，然不久而其制遂隳者，盖以不封建而井田
> 不可复行故也。

这就是说，从秦汉以降的长期历史发展来看，国家编户齐民

---

① 叶适：《叶适集》（第3册），中华书局1983年版，第657页。

的基础，以授田为形式的土地"国有制"难以持续，地主土地所有制（庶人私有）则成了大趋势，因而总的来看，中国的"封建"问题与其说是皇权专制，不如说是以地主土地所有制为基础而形成的"宗法—地主"之制。

三、"小生产"与"大生产"

如果说家国一体为中国封建之特色，而"宗法—地主"之家又构成了传统范式当中"国"之根基，那么它与马克思所论述的西欧中世纪制度（列宁、斯大林所概括的"封建制度"）究竟有什么区别呢？

在对马克思本人相关论述的梳理方面，武汉大学历史系教授冯天瑜做出了很多贡献。通过对资料的爬梳剔抉，冯天瑜指出：马克思在否定历史的单一性、同质性的基础上，十分重视不同地区和不同民族历史演进的特殊性；进而他又以马克思晚年的"民族学笔记"为线索，将马克思对"封建主义"的规定概括为："农奴制"；"土地归封建主所有，封地不具有可以自由买卖的商品性质"；"封建主拥有世袭司法权，或领主审判权"；"权力分散，君主专制集权与封建主义不相兼容"四个特性。[①] 冯天瑜进而指出，这四个特征都与中国的"封建制"有很大区别。

实际上，马克思也先后在《政治经济学批判（1857—1858年

---

① 冯天瑜：《"封建"考论》，武汉大学出版社2006年版，第317—326页。

手稿)》和《资本论》中专门论述过中国、印度等东方国家的社会特征：

> 在印度和中国，小农业和家庭工业的统一形成了生产方式的广阔基础……因农业和手工制造业的直接结合而造成的巨大的节约和时间的节省，在这里对大工业产品进行了最顽强的抵抗。[①]

在这里，马克思明确了中西"封建"之不同，更指出了中国传统社会并非以纯粹的农业经济为基础，也不同于封建农奴制经济，而是包含着商业、手工业乃至金融货币活动在内的、可以造成"巨大的节约和时间的节省"的"小生产"。

"小农业和家庭工业的统一""男耕女织"产生出十分稳固的自然经济与自给自足，乃至发展出地方性、小规模的商品经济。如始于宋兴于明清的"市镇"，这种形式大大降低了农业、手工业产品以大工业商品的面貌交换流通的必要性，也削弱了劳动力自由转移、成为商品的可能性。这些因素导致工业发展的迟滞，并"对大工业产品进行了最顽强的抵抗"。

面对近现代历史演进中的现代化与工业化，传统中国"小生产"模式的"顽强性"自然产生了消极的影响：一方面，传统中国以农户为单位的小生产者不必依赖市场以获取生产、生活资料，

---

① 《资本论》（第 3 卷），人民出版社 2004 年版，第 372 页。

尤其在土地兼并日趋严重，地主与小农间的分化逐步走向极端之后，小农便以低程度、小规模积累的简单再生产维持生活所需，进而以退出商品市场的方式限制了国内市场的扩大，杜绝了大工业商品规模生产的可能；另一方面，不同于"圈地运动"将失地农民转化为雇佣劳动者抛向城市与工业，传统中国的地主阶层以集中土地、分散租佃的方式将小农系缚于土地和地主人身。作为小生产者的中国传统小农与宗法地主之间的生产关系构成了东方社会的特殊矛盾，这一矛盾在 20 世纪初期被逐步激化。

随着帝国主义资本结合官僚买办势力进入中国，一边是大量外来廉价农产品、制造业商品的倾销，另一边是大地主携农村资本进入城市商业投机领域，这也正是茅盾在《子夜》与"农村三部曲"中力图刻画的整体社会图景。换言之，民国时期"畸形的都市与凋敝的农村"这一社会图景，正是由《子夜》中赵伯韬与冯云卿所决定的生产关系而造成的，它是帝国主义及其在中国的代理人借助宗法地主之手完成的对现代中国扭曲式的改造。

结合中国特殊的社会结构，帝国主义在 20 世纪 30 年代初的大萧条中向中国转嫁危机的行径，成为压垮中国广大小生产者的最后一根稻草，它是《春蚕》中老通宝所面对的"丰收灾"：尽管蚕丝和庄稼都熟了，但身上的债务却越发沉重。对于此情此景中的小生产者来说，不论佃农、半自耕农，乃至自耕农，他们在人身上虽然比农奴更加独立，但他们却越发需要与地主的高利贷和地主的土地结合才能维持生计。"耕者有其田"的小生产者理想越发遥远，同时在他们的潜意识里孕育着对地主的反抗。

所以，中国传统社会小生产的特殊性和广大小生产者在近代社会中潜在的革命性，被纳入了中国革命的考察范围。同时，马克思对于东方社会"小生产"特殊性的认识，也应当以马克思主义中国化的形式产生出区别于西欧封建社会的范式。

西欧的封建制是不同的。马克思十分注重自由劳动与生产资料的相互分离，以及自由劳动是否与货币相交换——因为这两点构成了雇佣劳动的历史前提。结合这两点，马克思对西欧封建制的直接生产者——农奴做出如下阐释：

> 直接生产者以每周的一部分，用实际上或法律上属于他所有的劳动工具（犁、牲口等等）来耕种实际上属于他所有的土地，并以每周的其他几天，无代价地在地主的土地上为地主劳动……财产关系必然同时表现为直接的统治和从属的关系，因而直接生产者是作为不自由的人出现的；这种不自由，可以从实行徭役劳动的农奴制减轻到单纯的代役租。在这里，按照假定，直接生产者还占有自己的生产资料，即他实现自己的劳动和生产自己的生活资料所必需的物质的劳动条件；他独立地经营他的农业和与农业结合在一起的家庭工业。这种独立性，不会因为这些小农（例如在印度）组成一种或多或少带有自发性质的生产公社而消失，因为这里所说的独

立性，只是对名义上的地主而言的。在这些条件下，要
能够为名义上的地主从小农身上榨取剩余劳动，就只有
通过超经济的强制，而不管这种强制是采取什么形式。①

在上述引文中，马克思想要说明：劳动地租作为剩余价值的原
始形式，与剩余价值是一致的，并与作为直接生产者的农奴的无酬
劳动相一致；而另一方面，作为"农奴制"范畴内的直接生产者，
农奴个体既不同于奴隶的全然依附性（全部依靠别人的生产条件来
劳动），其劳动力又不能作为雇佣劳动同货币交换，以便再生产货
币而增殖其价值。进一步，马克思的以上论述可以这样理解：在西
欧的封建制度中，土地和劳动力都没有实现商品化，它区别于东方
公社内部所特有的商品经济与商品交换。因此，西欧的农奴，是封
建制度的依附力量，他们不可能成为"反封建"动力，西欧的反封
建力量，只存在于城市的工匠阶级（资产阶级）之中。

在 19 世纪下半叶，革命家查苏利奇曾与马克思通信，并设想
在农奴制下的俄国，将农村公社跨越发展至社会主义。马克思将这
种设想称作"跨越'卡夫丁峡谷'"，即"不通过资本主义生产的
一切可怕的波折而吸收它的一切肯定的成就"②。马克思并不否认这
种跨越的可能性，还为这种可能性提出了很多前提，其中之一便是

---

① 《马克思恩格斯全集》（第 25 卷），人民出版社 2006 年版，第
889—890 页。
② 《马克思恩格斯全集》（第 19 卷），人民出版社 2006 年版，第
436 页。

俄国要恰逢其时地爆发革命，并与发达资本主义国家的无产阶级革命相配合，从而避免商品经济、私有制的发展造成公社瓦解。然而当俄国革命最终到来之际，农村公社已然不复存在。

可见，欧洲的封建制度，并不是欧洲现代资产阶级民族国家制度的基础，而是其对立面。通过这一角度反观东方社会的小生产，其社会结构的"超稳态"虽阻碍了中国的现代化进程，但同时也蕴含着可能性，即在保存社会传统特征的基础上，与工业化大生产共同发展的可能性。

社会化、工业化的大生产为人类创造了非同寻常的物质基础和现代文明，但同时也将各民族、各群体、各文化，差异悬殊地卷入了现代进程的时代浪潮中。换言之，如果不对工业化大生产的普遍性进行反思，则难以真正站在"大生产"的立场上批判中国传统社会当中的"小生产"范式。

中国共产党人关于中国"反封建革命"的必然性的认识，主要来自两个方面：

首先，在家国一体的制度框架内，地主阶级土地所有制，就是中国封建制度的基础。在这一制度下，农业、手工业、商业、货币活动构成了广阔的基础。但近代以来，在帝国主义和地主制度的联合宰制下，马克思所谓的"家庭工业制度"和小农土地所有制都日渐瓦解。在这一进程中，中国的"小农"，几乎无可避免地要沦为农村"无产阶级""半无产阶级"。因此，要改变中国的封建制度，就必须从根本上动摇其基础——地主阶级土地所有制，就必须使组织起来的农民代替地主阶级，成为现代国家的基础，这就是毛泽东在《国民革命与农民运动》中所阐发的观点。

这里有一个重点，就是小农经济从"农户"到"中国农村社会各阶级"的认识的转变。

什么是"农户"呢？这是一个与小农经济相联系的历史范畴。

回顾自秦至清的中国社会，在郡县制与地主制相结合的社会结构中，中央力图将地主制经济包纳于官僚体系中，使地主的"租佃"经济与中央的"赋税"政策相协调，以便汲取基层的物力、财力、人力调拨分配。为了解决这些现实问题，"始于北朝，备于唐，盛于宋"的户等制成为一种重要的解决思路。

户等制概括来说，就是依据民户的物力或财力（包括土地占有情况）来划分"户等"，由此将各阶层的民户涵盖其中而产生相对应的权利义务，比如北齐时期："及文宣受禅，多所创革。……始立九等之户，富者税其钱，贫者役其力"[1]；唐朝又以"上上户至中上户四等为'上户'，中中户至下上户三等为'次户'，下中户和下下户二等为'下户'"[2]进行户等划分，从而区别所有人口的赋税役务等情况；宋代以"税钱"和"家业钱"为划分标准，进而发展至极盛的五等户制，其"户等"更是与差役、赋税直接挂钩。

---

[1] 王曾瑜、张泽咸：《从北朝的九等户到宋朝的五等户》，《中国史研究》1980 年第 2 期。
[2] 王曾瑜、张泽咸：《从北朝的九等户到宋朝的五等户》，《中国史研究》1980 年第 2 期。

户等制的出现反映了自秦至清中国社会阶层的复杂性，但如果动态地观察，就会发现，朝代之初有序的"户等"也是随着土地兼并、版籍变更或失散而变得杂乱无章的，最终只能混乱摊派而伤及贫贱。从晚清至20世纪初革命时期，中国农村基层社会越发凋敝，以往通过物力、财力、人力等标准划分阶层，进而谋求"共同治理"的传统范式趋于瓦解。在此情境下，亟须一种新的划分依据来为中国革命凝聚力量。

毛泽东《中国社会各阶级的分析》的重大贡献，就在于用"中国社会各阶级"的认识代替了"户等"的认识，从而深化了马克思所谓"小农经济"之"小生产"的范畴。

在《中国社会各阶级的分析》中，毛泽东对中国社会做出了远比马克思更为细致的分析，特别是归纳出了一个关键的范畴——"常常被迫出卖一部分劳动力"的"半无产阶级"。"半无产阶级"既不能全然地将自身的劳动力当作商品向他人出卖，又不能自给自足。在"半无产阶级"当中，"半自耕农"因其食粮每年大约有一半不够，须租入别人田地。理论上"贫农"只能作为村里的佃农，因为他们只拥有农具而没有土地。[1] 而为了生存，当他们被迫与地主和地主的土地结合之后，才得以自给自足，但这也意味着直接生产者集形式上的独立与依附性的生存于一身，"常常被迫出卖一部分劳动力"的含义也自然不只是出卖自己的部分

---

[1] 参见《毛泽东选集》（第1卷），人民出版社1991年版，第6—7页。

劳动力来换取货币，还要通过租地纳贡来补足自家的粮食缺口，维持生存。

在中国的现代进程当中，广大农村地区虽然在遭受帝国主义经济入侵的过程中产生了资本主义因素，但商品生产依然以个体的、自发的、为买而卖的形式为主；占农村绝大多数的"半自耕农""贫农"作为直接生产者，其劳动依然维持着"贡品"的属性而难以转变为雇佣劳动。"现代工业无产阶级约二百万人""中国尚少新式的资本主义的农业"，毛泽东在文中指出了中国无产阶级力量的薄弱，也指出了以民族资产阶级为主体的"独立"革命思想"仅仅是一个幻想"。虽然"小资产阶级"最终会在革命大潮的裹挟下转向革命，但唯有"半无产阶级"这一数量极为庞大且主要分布在农村社会的群体，会是中国革命的主要力量。而他们的革命对象，则是强制他们依附于土地和人身并主导这一生产关系的地主阶层。

因此，中国共产党的"反封建"，首先是用马克思主义的阶级论，代替了小农经济的"户等"论，力图把一个建立在"农户"基础上的小农经济国家，转变为建立在阶级基础之上的现代国家。

其次，彼时中国革命的反封建，面对的是近代以来中国军阀割据的局面，是一种与"郡县"相对立的"封建"。从这个意义上说，中共二大将彼时的中国界定为"半独立的封建国家"也是一个毋庸置疑的事实。

护国战争之后，中国便已产生了"政客借实力以自雄，军人假名流以为重"的社会力量。北洋军阀与西南军阀内部的诸多派系造成了中国军阀割据的局面，他们通过私有武装、分割地盘的方式建立起了自己的封建势力——其中北洋军阀在袁世凯死后分裂为皖、直两大派系，之后张作霖的奉系也依靠北洋军阀起家；西南军阀以滇系、桂系、黔系为主体，也包括川、粤、湘三系在内。

北洋派系的头目多数出自袁世凯"小站练兵"时期的旧人，他们围绕争夺中央政权展开斗争，控制中央政府，于是便有了代表国家与帝国主义签订条约的权力，其直系与英美勾结，皖系、奉系与日本关系紧密。至于西南派系，其头目则多出自辛亥革命后的都督，有些人也参加过护国战争，充当过革命角色。但在之后的护法运动中又起了变化，其中桂、滇两系军阀不仅在护法战争中勾结直系冯国璋罢兵议和，同时又拟订《中华民国军政府组织大纲修正案》，意图修改大元帅单独首领制为若干总裁合议制，进而排挤孙中山，篡改护法宗旨。1918 年 5 月 4 日，汤漪在国会非常会议中提出《修正军政府组织法案》，会议投票通过，改组军政府，孙中山被迫辞职，并在辞呈中愤慨写道："吾国之大患，莫大于武人之争雄，南与北如一丘之貉。虽号称护法之省，亦莫肯俯首法律及民意之下。"①

久而久之，这样一种军阀割据，就形成了各个帝国主义势力

---

① 孙中山：《辞大元帅职通电》，《孙中山全集》（第 4 卷），中华书局1985 年版第 471 页。

在中国分别扶持代理人的军阀混战。而军阀势力在基层的根源，就是毛泽东所谓的"土豪劣绅"。

"户等制"瓦解为中国农村社会各阶级，地主制度又是军阀制度的基础所在，这就决定了中国革命的动力与目标。

最后，马克思针对欧洲资本主义大生产和农奴制，提出了一个反思性的"小生产"视野，在马克思看来：俄国在现实层面难以凭借农奴制中的农村公社，在不经历商品经济的前提下跨越至现代经济；与西欧、俄国所不同的东方社会的"小生产"具有商品经济的因素，因此能对资本主义工业化"大生产"构成"顽强抵抗"；"小生产"与工业化"大生产"之间，既存在着"顽强抵抗"，也存在着结合的可能。

这说明以政治经济学批判的视角展开对租地农场、经营地主，乃至工业化"大生产"的反思，可能会获得一种东方社会"小生产"模式的视角，进而会对世界现代进程的"普世性"采取批判态度；另外只有对传统中国的"小生产"范式和其在近现代历史进程中所表现的"顽强性"采取批判态度，才能使其在新的历史条件下与"大生产"共存，并焕发活力。

以此观之，中国革命推翻地主阶级的统治，消灭了凌驾于"小生产"之上的剥削制度，摧毁了帝国主义、官僚买办与地主制经济构成的社会结构，由此保护了农村的农业与手工业，恢复了"小生产"。而"过渡时期总路线"，农村与农业生产中的互助、合作、信用、供销等因素，则为"小生产"的现代转化，为农业、手工制造业与商业、重工业、科技提供了契合点，并为农业、轻工业与重工业之间的关系，国家、生产单位和生产者个人之间的关系创造了平衡条件。

从这个意义上说，究竟是在中国社会各阶级的斗争与联合中，锻造中国人民，以中国人民为基础建立人民共和国，还是走回头路——恢复"户等制"，乃至"宗法—地主"制度，重回乃至重建中国式的"封建"，就绝不是一场无谓的争论。

"不忘初心，继续前进"，这是本书的出发点所在。

四、"反封建"与中国新文学的历史发展

从"经学"到"新文学"

中国现当代文学（广义的中国新文学）的发生与发展，既不是一个纯粹的文学问题，也不是一个简单的学术和学科建设问题，这是因为中国现当代文学发生和发展与中国的现代进程紧密相连。

近代以来，随着"数千年未有之大变局"的发生，中国开始了面向现代进程的革命与改革，这一进程体现在知识体系的变革方面，首先就是作为传统中国制度体系学术基础的经学地位的迅速下降。自戊戌变法和京师大学堂创立以来，在现代学术、学科体系的建设中，经学及其基本治学工具——"小学"，被以古典文献学、古文字学、音韵学等学术分科的形式，综合为"国学"。这就是北京大学中文系的前身——京师大学堂中国文学门的成立。

在新文化运动之前，为了追求与"国际接轨"，当时的北大

也仿照西方大学建立宗教院（被称为"通儒院"），专门研究十四经。1917年1月蔡元培任北大校长后，致力于建立现代学科体系，他认为，中国的文化不是宗教，十四经也不是宗教经典。因此，他到北大后，便废除了通儒院，按照现代分科大学的学科建制，把《易经》《论语》《孟子》划给哲学系研究，把《诗经》《尔雅》划给文学系，把《尚书》《三礼》《春秋》划到历史系。这样，通过废除研究十四经的通儒院，蔡元培建立了文科十四系。

随之而来的就是如何以现代视野去对待传统，整理"国故"。在这种现代使命的驱使下，鲁迅、胡适等学者按照西方的方式，把"文学"，即小说、诗歌、散文和戏剧，也纳入"国学"之中，使它们成为"国文"教育的基础。

尽管中国现当代文学是在新中国成立之后才建立为一个学科的，但其学科基础则建立在对"五四"以来中国现代进程的总体估价之上，特别是伴随着新民主主义革命道路和方向的探索、确立，进一步形成了以经典作家、经典作品、经典化的学术研究为一体的完整的学科、学术体系。从这个意义上说，中国新文学在现代中国和中国探索现代之路的进程中，起到的其实就是历史上"经学"的作用，即如同作为传统中国制度体系之学术基础的经学一样，中国新文学成为现代中国制度体系的学术、话语和表述的基础。

无论我们是否自觉于此，在中国语言文学系内部，古代与现代两大学科的设置与建设，就是这一进程的制度化的体现。

如何表述中国的现代进程？

农村题材的创作在中国新文学发展中有其独特的地位。这个地位既充分显示了中国新文学的实绩，也决定了对这些作品的重读、重写，既是回到这个进程的基本方式，也是探索这个未完成的现代进程的基本方式，更是作为整体的中国新文学学科，保持旺盛创造力、生命力的源泉所在。

在《共产党宣言》中，马克思对世界历史进程或者人类现代进程作出了如下决断：

> 资产阶级使农村屈服于城市的统治。它创立了巨大的城市，使城市人口比农村人口大大增加起来，因而使很大一部分居民脱离了农村生活的愚昧状态。正像它使农村从属于城市一样，它使未开化和半开化的国家从属于文明的国家，使农民的民族从属于资产阶级的民族，使东方从属于西方。①

在上述决断中，马克思、恩格斯陈述了一切农业文明、农业民族或者说"农民的民族"的现代宿命：在西方的、工业化的打击和冲击之下，一切农业共同体不可避免地瓦解、失败和分崩离析，以至于一切反抗都是没有意义的，一切挣扎似乎都是绝望的，农民的民族、农业的文明只能选择从属与依附，除此之外，没有

---

① 《马克思恩格斯选集》（第1卷），人民出版社2012年版，第405页。

其他的道路与选择。

"反帝反封建"是中国新民主主义革命的主题，也曾经是中国现代文学的主题。这一主题将工业化、城镇化等代表的西方道路预设为不可阻挡的不二选择，从这个意义上说，《白鹿原》作为"农耕文明的挽歌"，所表达的似乎恰恰正是马克思、恩格斯在《共产党宣言》中那样的一种决断。在作者看来，所谓反封建，不过是"绝望的抗争"：农民的分裂、农村社会的分裂与窝里斗，其根源是人多地少、资源高度稀缺。

与马克思、恩格斯不同，在中共七大上，毛泽东则阐述了这样的观点：一百年来，中国人民不断寻求现代道路，我们对这条道路的认识发生过许多的变化，而其中最大的变化，就是从旧民主主义革命走向新民主主义革命。我们这个革命的主要特征，就是把中国的农民、农村组织起来，以不毁灭和不抛弃农村、农民的方式，实现中国的现代化。

在这里，毛泽东对于历史的观察，是以百年为限，即起码是以 1840 — 1940 年为一个阶段。而 1940 — 2040 年，则是另外一个阶段。

如果从这个视角看去，我们今天依然处于毛泽东所规划的探索中国现代道路的进程中，这个进程远没有完结。

上述思考构成了本书重读中国新文学的一系列经典作品的缘起与动力。

从对《子夜》和"农村三部曲"的重读入手

长期以来，《子夜》被视为一部城市题材的作品，是主要描写民族资产阶级命运的作品。但实际上，茅盾所深刻思考的是：在20世纪30年代呈现出的"畸形的都市"与"凋敝的农村"的社会景象中，以"小生产"为主体的中国文明在近代走向破裂、解体与衰败的深层原因究竟何在？在他看来，由于地主阶级的资本化、农村经济的高利贷化、资本化的地主进入城市、农村资本以投机逐利的形式推动了城市金融资本的泡沫化，以及与外国资本融合在一起共同形成了中国社会半殖民地半封建的特色。因此，只有把《子夜》与"农村三部曲"结合在一起，只有从"资本"角度和农村在"半封建"的生产关系里被迫"资本化"的视野出发，只有在互文式的阅读中，才能进一步揭示茅盾对于中国社会性质的探索与发现。

丁玲的《太阳照在桑干河上》，历来被视为充满矛盾、具有历史复杂性和可能性的作品。值得指出的是：这部作品写作于中国的土地革命重大的转折关头——中国共产党所拥有的唯一的城市（张家口）已经丢失，温泉屯（小说中叫暖水屯）已经落入国民党军队手中。与以往的研究不同，笔者认为：在写作这部作品时，丁玲并非"满怀胜利的喜悦"和对革命胜利必然性的认识，而是满怀对未来的深沉忧虑。分析这种"忧虑"，是理解这部作品复杂性和可能性的突破点。

在丁玲看来，农民更关心的是土地，他们很少关心"暖水屯"

外面的世界。从这个意义上说，中国农民还不具备对半殖民地半封建社会的认识，更不具备用帝国主义、封建主义的"世界观"解释自己命运的能力。这就决定了，中国革命只有从农民的视野、农民的需求出发，唤醒最广大的农民群众，才能取得成功。如果脱离了这种现实需求，则难以发动群众、组织农民。丁玲也隐约认识到：决定中国革命前途的东西，决定中国前途命运的东西，除了让农民、让人民"过好日子"这种具体需求之外，当然还有世界的局势，还有帝国主义的世界霸权，还有美国对蒋介石集团的支持。中国和中国革命，实际上处于这样一个更大的世界体系之中，离开了这样的世界观，就无法深刻理解中国革命的意义、艰难及其限度。

而离开了对世界格局的思考，离开了对世界前途的分析，就无从理解钱文贵的世界观。因为钱文贵并非简单地从土地关系的角度反对共产党的革命，而是从美国霸权对于蒋介石的支持的角度，坚信共产党的道路行不通。从这个意义上说，钱文贵未必是经济意义上的地主阶级的典型代表，但却是一种中国式的"地主阶级世界观"的典型代表。革命也许会改变所有者的形式，但是，要改变这种"地主阶级世界观"，却是非常困难的，因为桑干河上的翻身农民乃至有觉悟的干部，他们也很少关心脚下土地之外的世界究竟是什么样子，以及现代中国处于怎样的世界体系之中这个问题。这就是丁玲所隐约感到的忧患。

人多地少，在有限的资源里竞争，遂造成了农民的分裂，同时，也孕育出了"百业共生"这种精巧的"小生产"方式，从而对西方的农奴制度、资本主义的工业化大生产及金融帝国主义产生了反思视角与"顽强抵抗"。这是中国封建性的基础和根源。穷哥们儿团结起来，与"能人"个人发家的道路竞争，就能大家一起过好日子，新中国成立后的社会主义运动同样具有反封建的意义——这是柳青《创业史》的意义所在。但是，新中国成立以来的农村合作化和社会主义运动，其目标也并不是简单地让农民过好日子，而是为了国家的工业化。国家工业化的意义，仅仅从梁生宝与改霞之间的暧昧关系中去分析是不够的，从蛤蟆滩不能看到中国工业化的意义，因为中国工业化的迫切性，只有从当时中国所处的严峻的客观条件出发，才能得到深入的分析。

经过一百多年的奋斗，中国已经不是《子夜》、"农村三部曲"时代的中国，当然也不再是《太阳照在桑干河上》《创业史》所描绘的中国。中国的面貌已经发生了翻天覆地的变化，中国已经由一个农耕国、一个农业国，变成了世界上最大的制造业国家。

农耕是中华文明的基础，亿万农民是中国人民的主体，千百万村庄是我们的家园。乡村振兴，是中华文明经历现代化挑战后的凤凰涅槃和浴火重生——这同样是我们今天不容回避的现实和使命。

中国新文学已经走过了一百多年的光荣历程。用广阔的历史眼光研究中国新文学，意味着要从几百年去看几年、十几年、几十年，而不是从几年、十几年、几十年去归结几百年。从这个角度说，本文重读这些作品的意义依然重大，也是从这个角度说，这些作为经典的意义才能在当代的质询中被不断发现。实际上，我们可以从这样的重读出发，不断推动中国新文学研究，融合经典作家、经典作品、经典化的学术研究为一体，进一步向前发展。

第一章

茅盾与现代中国之矛盾：
《子夜》和"农村三部曲"

引言：重读茅盾的时代意义

茅盾在中国新文学发展史上的地位是极为特殊的，一方面，中国当代文学的最高奖项，就是以茅盾的名字命名的；另一方面，以当代世界文学的现代标准来看，它依然是"独居一隅"的。

自 20 世纪 80 年代以来，随着夏志清《中国现代小说史》一书的出版，中国国内文艺界掀起"重写文学史"的热潮。从那时起，茅盾的文学成就便遭受了许多质疑。在夏志清这部意识形态色彩浓厚的史论著作中，作者直白地"惋惜"茅盾"怎样为了革命的宣传需要，浪费了自己在写作上的丰富想象力"[①]。言下之意，茅盾的成绩更在于"政治"，而不在"文学"。

同时，根据夏志清所制定的"现代文学标准"，中国新文学一个明显的"缺点"就在于"感时忧国"，因而缺乏"世界视野"：

> 现在的中国文学，既隐含对民主政体和科学的向往，

---

① 夏志清：《茅盾（1896—1981）》，《中国现代小说史》，浙江人民出版社 2016 年版，第 180 页。

故就屈林的释义,与现代西方文学并无相似的地方。现代的中国作家,不像陀思妥耶夫斯基、康拉德、托尔斯泰和托马斯·曼那样,热切地去探索现代文明的病源,但他们非常感怀中国的问题,无情地刻画国内的黑暗和腐败。表面看来,他们同样注视人的精神面貌。但美、英、法、德和部分苏联作家,把国家的病态,拟为现代世界的病态;而中国的作家,则视中国的困境为独特的现象,不能和他国相提并论。他们与现代西方作家当然也有统一的感慨,不是失望的叹息,便是厌恶的流露;但中国作家的展望,从不逾越中国的范畴,故此,他们对祖国存着一线希望,以为西方国家或苏联的思想、制度,也许能挽救日渐式微的中国。假使他们能独具慧眼,以无比的勇气,把中国的困塞喻为现代人的病态,则他们的作品,或许能在现代文学的主流中占一席位。但他们不敢这样做,因为这样做会把他们改善中国民生、重建人的尊严的希望完全打破了。这种"姑息"的心理,慢慢变质,流为一种狭窄的爱国主义。[①]

进一步说,中国新文学过于关注中国的现实政治、经济和社会问题,而对"人生的终极问题""普遍的人性"思考不够,从而

---

① 夏志清:《现代中国文学感时忧国的精神》,《中国现代小说史》,浙江人民出版社2016年版,第520页。

尚未完成的历史

使得中国新文学难以达到"世界标准",也使得中国新文学的作家、作品难以与西方的经典作家、作品比肩。

在这方面,茅盾的《子夜》和"农村三部曲"最为典型:

> 由于出色的现代小说不多,《子夜》也因此在现代中国重要的小说中,占了一个地位。我们在上面说它是失败之作,乃是以茅盾过去的成就和可能的成就来衡量它的缘故。茅盾的野心——要给中国社会来一个全盘的检讨——说明了一点:作者越来越迷信"科学"(马克思主义式的和自然主义式的)了。在他以后的创作生命中,除了偶尔一两个例外,他再也摆不脱这个迷障。[①]

按照夏志清的批评,茅盾的作品最缺乏"现代性"的地方,恰恰就是对于中国现实政治、经济和社会问题的关注,即其政治性、经济性、社会性,压倒了文学性。实际上,中国传统知识分子的家国情怀,压倒乃至冲毁了其现代性——这不过是"救亡压倒启蒙说"的一个更为专业性的说法,其中茅盾的创作最具典型意义。

究竟什么是现代性?

"现代性"是不断分裂的意识,在不断变化和分裂中产生的"碎片化",是只有作家和知识分子才具有并敏锐感觉到的孤独

---

① 夏志清:《茅盾(1896—1981)》,《中国现代小说史》,浙江人民出版社 2016 年版,第 176 页。

感、疏离感、异化感。甚至有人用马克思的话来定义"现代性":一切坚固的东西都烟消云散了。这种"现代性"似乎没有来源、没有变化,只是作为一种绝对标准而存在,因此,它是对"人生的终极问题""普遍的人性"的思考。按照上述文学评价尺度——凡是缺乏这种因素的东西,都不能被称为"文学的""艺术的"乃至"现代的"。

正因如此,中国新文学的方向、主题乃至文学史的叙述模式,才发生了根本性的变化:中国新文学由"反帝反封建的新的中国文学"变成了追求"现代性"的文学。由于无主体、无主题——"没有主题"就是"现代性"的主题——于是,中国新文学的主题变成了"没有主题",中国新文学的方向变成了"没有方向",因为在上述"现代性"视野里,没有方向就是其方向。

当人们质疑"历史叙述何以需要有一个主题"的时候,我们也许忘记了:没有主题,恰恰是一个时代的问题。同时,我们需要质疑的也许是:既然政治、经济、社会、工业、金融、资本——这一系列范畴是随着现代社会(特别是资本主义社会)的到来而产生的,并具有了鲜明的时代意义,那么,为何对"现代性"和"现代性"尺度的思考,必须将政治、经济、社会、工业、金融、资本这些因素排除,才能够成立?

重读茅盾的时代意义,其实就在这里。

有一种说法认为,茅盾前期的作品是"小资产阶级性的",后期的作品却具备了"无产阶级意识",因为茅盾后期的作品具有了他前期的作品所缺乏的历史意识、阶级分析、经济分析和社会分析。

但另外一种说法认为，茅盾前期的《蚀》三部曲是具有"现代性"的，因为其中充满了对"人生的终极问题"的思考，也表达了"普遍的人性"。这就是"孤独感"和不断分裂的意识，也是在不断变化和分裂中产生的"碎片化"。茅盾后期的作品——《子夜》和"农村三部曲"却缺乏这种东西，因为在这些作品中，对中国社会——特别是中国经济问题的思考，压倒了对"现代性"的思考。

在本文看来，这两种评述的实质是一样的，因为它们一致认为：茅盾前期的思想与作品是矛盾的，而后期的思想与作品中则克服了这种矛盾，两者之间是无矛盾的。

实际上，《子夜》和"农村三部曲"并不是没有矛盾的作品。《子夜》和"农村三部曲"与《蚀》三部曲的差别在于：《子夜》和"农村三部曲"把极为深刻的矛盾意识，建立在对于中国现代经济、社会的复杂矛盾的描述之上，而不仅仅是像《蚀》三部曲那样，建立在作家知识分子和革命青年的头脑之中。

《子夜》和"农村三部曲"的真正意义在于：它们深刻揭示了20世纪二三十年代，以中国国民党为主体的统治力量在克服中国的政治、经济和社会分裂中所做的绝望的努力，同时更进一步揭示出，正是这种绝望的努力，使国民党所领导的中国社会进一步陷入更为深重的现代矛盾之中。

因此，只有具体、深刻地分析 20 世纪二三十年代之中国，才能深刻认识"反帝反封建"这一中国现代进程的根本主题。同时，只有准确把握其时国民党在克服中国社会内外矛盾中所采用的具体方略与手段，并清晰揭示这种方略与手段的特点与局限，才能真正揭示国民党何以没有解决中国的问题，反而使中国陷入更为深重的矛盾之中。

第一节　上海—南京—地方：国民党的 "反封建"

一、两个地主的进城与两种"半封建"内涵

从大革命失败到 20 世纪 30 年代初，在短短不到 5 年的时间里，茅盾从上海的藏身处起身，又经东洋回到原地，但此时他的文艺观仿佛发生了很大的转变。这恰好吻合了他在《幻灭》中所透露出的被妥协与"合作"所压抑的革命性："战场能把人生的经验缩短。希望，鼓舞，愤怒，破坏，牺牲——一切经验，你须得活半世去尝到，在战场上，几小时内就全有了。……死的气息，比美酒还醉人呵！刺激，强烈的刺激！"①在失败与暴力的挤压下，茅盾终究在种种巧合之中选择了隐匿与漂泊，在残酷与绝望的境

① 茅盾：《茅盾精选集》，北京燕山出版社 2011 年版，第 57 页。

遇中选择了冷峻与缜密。这暗示了"幻灭、动摇、追求"只是一体两面，而不会是终点，也预示着所有的观察、积淀和体验将以更为冷静且具有现实穿透力的形式爆发出来。

1932年4月，茅盾在《北斗》发表短论《我们所必须创造的文艺作品》，文章说：

> 能够对一般市民心目中问题给予一个正确解答的文艺作品，到现在为止，尚未产生。文艺家的任务不仅在分析现实、描写现实，而尤重在分析现实、描写现实中指示了未来的途径。所以文艺作品不仅是一面镜子——反映生活，而需是一把斧头——创造生活……因为社会事态既已很繁杂，而所以成此事态的原因却又不单纯；再者，作家个人的意识观感又往往为历史的遗传及流俗的浅见所拘囿。立在时代阵头的作家应该负荷起时代所放在他们肩头的使命。[①]

20世纪30年代初的茅盾在"卢公馆"内感受着民族资本的疯狂与挣扎，观察着津浦线上的中原大战，又牵挂着苏维埃红色政权的发展。彼时中国社会呈现出的畸形与斑驳复杂，恰好需要一把劈开光怪陆离之都市与萧瑟阴霾之农村的"斧头"。茅盾开刃的"斧头"所面向的正是复杂事态背后的社会性质，它将由此

---

① 茅盾：《我走过的道路》，人民文学出版社1997年版，第521页。

暴露出被幻象掩盖殆尽的生命及枯桦之上涌动的生机。

回溯 20 世纪初的中国，虽然孙中山领导的辛亥革命以资产阶级的革命运动推翻了清王朝的封建统治，但时局的发展却以"山重水复"的形式迂回曲折至北洋军阀的统治。借助五卅运动的"东风"，国共两党曾在"打倒列强，除军阀"的口号中展开北伐战争，然而在 1927 年的"四一二"与"七一五"两场反革命政变发生后，大革命最终走向失败。一次次未完成的革命既带来决裂，又留下反复，国民党好像扛起了中国资本主义发展的大旗，但现实却如同托克维尔在观察法国大革命前后得到的经验："他们用旧制度的瓦砾来建造新社会的大厦。"

正如阿尔都塞对马克思关于生产方式经典论点的总结："任何具体的社会形态都产生于一种占统治地位的生产方式，这意味着在任何社会形态中都存在一种以上的生产方式，至少两种，有时更多。"[1] 马克思和阿尔都塞认为，在所有社会形态中都存在着生产方式的多样性，以及一种生产方式对其他正在消失或形成的生产方式的实际统治。当这些生产方式以此消彼长的变动相互转化时，生产方式前后阶段的相互抗衡不仅被投射于复杂的历史进程中，与此同时，这一转化所包含的生产方式"统治地位"的交替，也表现为"过渡"历史阶段中的种种矛盾倾向。

19 世纪末期，列宁在分析俄国资本主义的落后性时强调：

---

[1]　阿尔都塞：《论再生产》，吴子枫译，西北大学出版社 2019 年版，第 80 页。

"资本主义经济不能一下子产生，徭役制经济不能一下子消灭。因此，唯一可能的经济制度只能是一种既包括徭役制度特点又包括资本主义制度特点的过渡的制度。"①列宁在第一次世界大战前对俄国资本主义的发展持肯定态度，但也正是因为在俄国社会中存在多种生产方式，其中的农奴制残余——工役制成为了俄国资本主义发展的阻碍，以至于促使列宁深耕于"过渡时期"以寻求突破和发展。

20世纪20年代末30年代初的中国就处在如同"子夜"一般的状态，它是从黑暗到更为黑暗的时刻，却也孕育着"寅晓将发"的前奏。这般状态之中的社会内容，被茅盾以象征的手法交代在《子夜》的开头：

> 老太爷在乡下已经是"古老的僵尸"，但乡下实际就等于幽暗的"坟墓"，僵尸在坟墓里是不会"风化"的。现在既到了现代大都市的上海，自然立刻就要"风化"。去罢！你这古老社会的僵尸！去罢！我已经看见五千年老僵尸的旧中国也已经在新时代的暴风雨中间很快的很快的在那里风化了！②

虔奉《太上感应篇》的吴老太爷断气了，留下一位工业巨头吴荪甫、一位金融大亨赵伯韬在吴家的小客厅，他们貌似要成为

---

① 《列宁全集》（第3卷），人民出版社1984年版，第165页。
② 茅盾：《子夜》，中国青年出版社2013年版，第25页。

中国社会未来发展的主角。尽管"内地还有无数的吴老太爷",但只要他们步入上海这座繁华的都市,迎接他们的终将是被"风化"的结果。残存的"吴老太爷们"所象征的封建残余势力与光怪陆离之中的资产阶级仿佛要进行一场"接力",吴老太爷与吴荪甫这对父子能否顺利"交接",这既是《子夜》核心矛盾的"引子",也是"半封建半资本主义"前景的暗示。

毋庸置疑,中国的民族资本在近代历史的发展中曾被寄托了太多的期盼。尽管中国资本主义的萌芽期众说纷纭,但在列强以坚船利炮敲开国门的"数千年未有之大变局"之中,洋务运动可称得上是中国近代资本主义和民族资本诞生的催化剂。从茅盾对吴荪甫这一角色的设计来看,也足见其对中国民族资本的现实发展所下的功夫。自意、法两国商人先后于1872年在上海设立机器缫丝厂之后,中国民族工业在第一次世界大战期间获得了良好的发展机遇,机器缫丝在中国长三角地区迅速发展。到20世纪20年代中后期,中国丝业几乎垄断了国际市场,成为中国外贸的支柱产业。仅上海缫丝厂就有一百余家,缫丝工人也有十万左右。缫丝业利润丰厚,到1929年,中国出口生丝(包括柞蚕丝)达到了114898公担的最高峰,中国丝业的发展势头十分迅猛。"丝业对中国来说是'最民族'的行业,决定着中国在国际经济竞争中的地位,这就是为什么吴荪甫把发展丝业看作是振兴民族经济的首选。"[1]

---

[1] 张全之:《〈子夜〉与1930年上海丝业工人大罢工》,《中国文学研究》2020年第3期。

　　但概括而言，从"师夷长技以制夷"到"实业救国"，民族资本的发展经历了由军事工业向民用工业的转向，而这个过程是一条异于西方通过"原始积累"的方式发展资本主义的发展道路，它是一种特定历史条件下的产物。民族资本主义在刚刚产生的时候，就决定了它在经济上对封建主义、外国资本主义的依赖性和同它们千丝万缕的关系。这种天然的性质决定了中国民族资本主义的发展境遇。

　　回溯"吴老太爷"的人生轨迹，其所象征的封建势力有其自身演变的过程。诚然，虔奉《太上感应篇》是吴老太爷封建思想的一面写照，但在《子夜》当中，吴老太爷这一角色所隐喻的并不仅仅是传统中国农村社会中乡绅地主的形象。就小说情节而言，吴老太爷命运的关键在于"进城"，"因为土匪实在太嚣张，而且邻省的共产党红军也有燎原之势"，所以他被吴荪甫的"雪铁龙"接进了大都市上海。吴老太爷是有"去路"的，这是封建残余势力能苟延残喘的原因，也是"半资本主义"与"半封建"杂糅的原因。然而，在《子夜》的故事发展中，因为吴老太爷在小说开头就"断了气"，所以吴老太爷与吴荪甫这两个角色并未发生直接的关系，两者间的矛盾冲突也没有被深入刻画。直到小说的第八章出现了冯云卿这一人物，他的入场为茅盾最初"都市—农村交响曲"的设想埋下伏笔，同时也将中国社会内部"半封建"与"半资本主义"的矛盾凝聚到一人身上：

半年前，这位冯云卿尚安坐家园享福。前清时代半个举人，进不了把持地方的"乡绅"班，他，冯云卿，就靠放高利贷盘剥农民，居然也挣起一份家产来。他放出去的"乡债"从没收回过现钱；他也不希罕六个月到期对本对利的现钱，他的目的是农民抵押在他那里的田。……这种方法在内地原很普遍，但冯云卿是有名的"笑面虎"，有名的"长线放远鹞"的盘剥者，"高利贷网"布置得非常严密，恰像一只张网捕捉飞虫的蜘蛛，农民们若和他发生了债务关系，即使只有一块钱，结果总被冯云卿盘剥成倾家荡产，做了冯宅的佃户——实际就是奴隶，就是牛马了！到齐卢战争[①]那一年，冯云卿已经拥有二三千亩的田地，都是那样三亩五亩诈取巧夺来的，都是渗透了农民们的眼泪和血汗的。就是这样在成千成万贫农的枯骨上，冯云卿建筑起他的饱暖荒淫的生活！[②]

冯云卿这一角色在农村的状态几乎被一气呵成地介绍完毕，除此之外，他有着和吴老太爷相似的封建信仰："炕榻后墙壁上挂的那幅寸楷的朱柏庐先生《治家格言》"，以及看似比吴老太爷更大的神通：他曾把孙传芳的军队伺候得异常周到，由此挤上了

---

① 又称江浙战争、甲子兵灾。1924年直系军阀齐燮元与皖系军阀卢永祥为争夺上海而爆发的战争。
② 茅盾：《子夜》，中国青年出版社2013年版，第179—180页。

家乡的政治舞台。笔墨虽少，但冯云卿的来路比吴老太爷更"饱满"，又因为小说描写了他如何在城市的公债市场中惨败，以及他如何鼓动女儿眉卿去向赵伯韬使"美人计"套取交易内幕，所以冯云卿的"去路"并没"断气"，反倒更为丰富。而这"一来一去"，便将"封建"之"残余"与对"资本主义"之"期盼"两者的特征和矛盾，集中在了一人身上。

在传统中国的社会中，"高额地租""卖买不公"和"高利贷"常常以地主—商人—放高利贷者三位一体的形式对广大农民进行剥削，古代中国的农村社会也曾多次发生破产。但在"数千年未有之大变局"的晚近社会当中，农村社会一方面在帝国主义的侵略下失去了相对独立且内部化运作的可能；另一方面，随着帝国主义资本对中国的不断渗透，中国农村社会也蕴藏着资本主义的苗头。

吴荪甫如何发家，他的"原始积累"从何而来？其中必然少不了吴老太爷的"赞助"，因为"三十年前，吴老太爷却还是顶括括的'维新党'，祖若父两代侍郎，皇家的恩泽不可谓不厚……"吴老太爷本不想向作为"新式企业家"的儿子妥协，所以在进城前急忙要来《太上感应篇》这个护身法宝，但在晚近中国特殊的历史时期当中，民族资本家的发家史中必然少不了官僚、地主、买办、商人、高利贷者等的影子。"民族资本主义工业的创办人，除了商人和买办外，绝大部分是地主和官僚，非朝廷命官,即地方绅士,总之,都是封建制度的代表人物。"[1]若从更早的洋务运动时期来观察民族资本的发源,当时所谓"官督商办"或"官商合办"企业中的"商",并不仅仅是普通的商人,那些人要么与洋务派官僚有着紧密联系,要么是具有官僚身份的大地主和拥有特权的商人。他们与旧制度有着扯不断的关系,毕竟在清王朝的统治之下,"要想创办工矿企业,若不设法取得封建官僚的支持,则或者根本办不起来,即使办起来了也难免中途夭折的命运"[2]。

传统中国的士大夫与地主阶层是孕育近代中国民族资本的母体,但吴荪甫所代表的民族工业资本家并不是其唯一的产物,尤其在清王朝的统治崩塌后,吴老太爷和冯云卿成了"杂糅体",而非传统地主阶层的象征。他们依旧竭力试图与过去相似的上层建筑保持紧密联系,但在生产方式混杂的社会中,他们的经济基础已经在不得不通往都市的道路中"动摇"。

另一方面,以上层建筑的范畴视之,"反封建"曾作为"大革命时期"的宣传语言,不仅是对一战后华盛顿九国公约进一步加深中国内部军阀割据的现实回应,而且它也有其自身所指的形成过程。

恩格斯曾在《德国的革命和反革命》中提出了"半封建"的

---

[1]　李宝珠:《论障碍中国民族资本主义工业发展的原因——傅筑夫教授的谈话追记》,《南开经济研究》1985 年第 2 期。

[2]　李宝珠:《论障碍中国民族资本主义工业发展的原因——傅筑夫教授的谈话追记》,《南开经济研究》1985 年第 2 期。

说法："这个国家的拥有资本和工业的阶级已经成熟到这样一种程度，它再也不能在半封建半官僚的君主制的压迫下继续消极忍耐了。"① 经济基础与上层建筑间的矛盾，导致"半封建"与"半官僚"共存的"君主制"腐朽，这也表达了"封建制"（"君主制"）在没落过程中的一种历史状态，正如冯天瑜对此处用法的总结，它指"西欧封建社会晚期，经由君主专制向近代社会过渡的情形"②。

在一些学者看来，列宁最早将这种唯物史观的"半封建"认识方式运用于中国。③ 早在 1912 年，列宁在布尔什维克创办的《涅瓦明星报》上发表了《中国的民主主义和民粹主义》一文，以回应孙中山关于《民生主义与社会革命》的卸任讲演，其中指出：

> 人们自然可以把亚洲这个野蛮的、死气沉沉的中国的共和国临时大总统与欧美各先进文明国家的共和国总统比较一下。那里的共和国总统都是受资产阶级操纵的生意人、是他们的代理人或傀儡，而那里的资产阶级则已经腐朽透顶，从头到脚都沾满了污垢和鲜血——不是国王和皇帝的鲜血，而是为了进步和文明在罢工中被枪杀的工人们的鲜血。……

---

① 《马克思恩格斯选集》（第 1 卷），人民出版社 2012 年版，第 574 页。
② 冯天瑜：《马克思的封建观及其启示》，《马克思主义与现实》2009 年第 6 期。
③ 冯天瑜：《"封建"考论》，武汉大学出版社 2006 年版，第 239 页。

但是中国这个落后的、农业的、半封建国家的客观条件，在将近 5 亿人民的生活日程上，只提出了这种压迫和这种剥削的一定的历史独特形式——封建制度。农业生活方式和自然经济占统治地位是封建制度的基础；以这种或那种方式把中国农民束缚在土地上，这是他们受封建剥削的根源；这种剥削的政治代表就是封建主，以皇帝为整个制度首脑的封建主整体和单个的封建主。①

列宁之所以将中国称作"半封建国家"，一方面因为辛亥革命推翻了传统"封建制度"并建立了"共和制度"，而另一方面，他认为"封建制度"赖以生存的经济基础依然存在。但这种唯物史观的认识方式直到 20 世纪 20 年代，才逐步经由共产国际的文件传入中国。在这期间，唯物史观意义上的"封建"由杨匏安在十月革命后从日本转译。②

1922 年 1 月，列宁出席了在莫斯科召开的远东各国共产党及民族革命团体第一次代表大会，参会的中国团体中包括了共产党和国民党等 39 名代表，这使他们接触到了关于"半独立的封建国家""军阀与国际帝国主义勾结"的表述。在同年底召开的共产国际四大上，会议通过的《东方问题之题要》于 1923 年在国内被

---

① 《列宁选集》（第 2 卷），人民出版社 2012 年版，第 291—293 页。

② 1919 年 11 月，杨匏安在其《马克思主义——一名科学的社会主义》中论及阶级斗争时提到："此两种阶级，在各个时代的种种形式表现，若亚细亚者，若古代欧洲者，若封建者，若现代资本家。"参见薛恒：《中国近代"封建"话语的兴起及其指义处境化》，《江海学刊》2003 年第 2 期。

翻译为中文。[①]"题要"论述了"东方殖民地、半殖民地国家"的革命斗争形式呈现出"驳杂性"特征，剖析了这些国家由封建制度或封建宗法制度向资本主义"过渡时"普遍呈现出的相一致的"驳杂性"特征，指出"各殖民地的资本主义……其发生和发展既在封建制度之基础上，又在杂合、参半、过渡的形式中"，这种"杂合""参半""过渡"的社会状态使各殖民地、半殖民地国家甚为"落后"，革命面临的形势也更为复杂、混淆和困难：帝国主义时刻利用这些落后民族的"上层阶级"（即"封建的或半封建半资本主义的"）和他们的代理人（在中国则是"督军"）。

由此，在远东各国共产党及民族革命团体第一次代表大会与共产国际四大之后，中国共产党的文件和论述里便开始出现了"半封建"的概念，[②]尤其在蔡和森的文章中，多次出现了对于中国社会的表述，诸如"半封建的武人政治""半封建半民主""半资本主义和半封建社会"。例如，"在中国现在半封建的武人政治之下，无论哪派军阀财阀得势所形成的资本主义，总不外是'恐怖的资本主义'"[③]。以上"半封建"的表述主要指的是"封邦建国"造成的割据局面，也指"封建军阀割据"。在孙中山奠定的"联俄、容共"基本政策之下，上述意义的"反封建"在第一次国共合作期间被两党共享，同时也成为这一时期大革命的宣传语言。

---

① 该篇以"东方问题之题要——共产国际第四次世界大会通过"为题登在1923年6月15日出版的《新青年（季刊）》第1期上，翻译署名一鸿。
② 冯天瑜：《"封建"考论》，武汉大学出版社2006年版，第281页。
③ 蔡和森：《蔡和森文集》，人民出版社1980年版，第84页。

二、国民党的"反封建"之路

国民党主持和策划的北伐始于 20 世纪 20 年代初,在此之前,孙中山一向主张"地方自治"。对于西南地区流行的"联省自治",他虽认为"联省只能成官治,不能达自治",但为了团结西南诸省便也一直不置可否。直到 1922 年,孙中山挥师北伐,本被视作军事主力的粤军总司令兼第一军军长陈炯明先是对北伐很不上心,接着又在同年 6 月炮轰总统府,发动政变。这一事件对孙中山造成了沉重的打击,也使他对军阀政治的厌恶加深。

1923 年春,孙中山返回广州重新就任陆海军大元帅,并在之后开始了第一次国共合作。在次年的《中国国民党第一次全国代表大会宣言》中,针对军阀割据、"联省自治"的局面,孙中山评价道:

> 此派之拟议,以为造成中国今日之乱象,由于中央政府权力过重,故当分其权力于各省;各省自治已成,则中央政府权力日削,无所恃以为恶也。……
>
> 推其结果,不过分裂中国,使小军阀各占一省,自谋利益,以与挟持中央政府之大军阀相安于无事而已,何自治之足云!……
>
> 真正的自治,必待中国全体独立之后,始能有成。……自由之中国以内,始能有自由之省。一省以内所有经济问题、政治问题、社会问题,惟有于全国之规

模中始能解决。则各省真正自治之实现，必在全国国民
革命胜利之后。[①]

军阀自视很高就企图统揽大权，仅能自保时便提倡联省自治；进攻时宣布武统，退守时宣布自治。孙中山在某种程度上认识到了封建军阀在权力争夺过程中以自身利益为核心的反复无常，但国民党在北伐过程中却不得不在联合西南各省的同时，与皖、奉两系军阀结成"三角同盟"，以谋求率先推倒直系军阀在北京的统治。

在国民党的主持和策划下，北伐战争好似在不同封建军阀之间实施"合纵连横"的战术，而最终又因为利益分配不均而引发新的战争。但倘若利益分配得称心如意，就又意味着封建军阀的势力依然没有被革除，"统一"自然就是个伪命题，而以蒋介石为总司令的北伐战争同样难以解决这一困境。

在1928年的二次北伐后，随着张作霖撤离北京，国民党暂时取得关内"统一"。陶希圣曾在《中国国民党的基础》中讲道："中国国民党负有国民革命的使命。而在国民革命中，必须有农工群众参加和小企业家小商业家的协力，才可以完成反帝国主义的任务。"但在南京国民政府的统治下，构成中国民众的群体是否能实现联合，陶希圣所言是否真的是国民党的基础，中国的政治、经济和社会的分裂是否能被克服，国民党的努力又是否能使中国

---

① 《孙中山选集》（下），人民出版社2011年版，第612页。

社会避免陷入更为深重的现代矛盾之中？

依照孙中山的《建国大纲》，蒋介石于国民党二届五中全会之后宣布，由此前的"军政"时期步入此后以整顿与建设为核心的"训政"时期。在十多年的内战之后，与发展紧密相关的紧要任务便是"裁兵，整顿军务""整理财政"，以及"对外的废除不平等条约"。[①]

对于当时的南京国民政府而言，裁军是重中之重，因为只有如此才可以限制军费开支以节省、精确财政预算，从而实现军政、财政的统一。而对于蒋介石来说，其更将裁军视作权力的洗牌，因为随裁兵而来的编遣区的划分，将是迫使冯玉祥、阎锡山、李宗仁等各方势力重新划分的关键。

1928 年 6 月，蒋介石飞赴北平与冯玉祥、阎锡山、李宗仁等人商讨裁军事宜，并在次月提出了《整理军事案》及《编遣部队之裁遣方法》等具体裁兵计划。在计划中，最为主要的措施是计划成立"由各集团军总司令、海军总司令、参谋次长加中央委员三至五人组成，直隶于国民政府"的"编遣委员会"，进而取消国民革命军和各集团军的总司令，改由"编遣委员会"对各军直接进行编遣工作。

经半年多的酝酿和筹备，"国军编遣会议"于 1929 年 1 月 1 日在南京正式开幕，并于 5 日起连续召开了六次大会。其中，第

[①]　周元高、孟彭兴、舒颖云编：《李烈钧集》（下册），中华书局 1996 年版，第 654 页。

四次大会出台的《国军编遣委员会进行程序大纲》中，关于六个编遣区的划分成为主要看点，"即蒋、冯、阎、李四个集团军各设一个编遣区，东三省设一个编遣区，川、康、滇、黔为一个编遣区。中央直辖各部队及海军各舰队，应由编遣委员会径行派员缩编"①。这一结果表面上看似使蒋、冯、阎、李的势力均等，但"中央编遣区"及"中央直辖部队"又明显给蒋介石多留了势力范围，这一结果使军队人数多、出力也多的冯玉祥十分不满。

早在"国军编遣会议"的筹备阶段，冯玉祥就认为"不可令各集团军比例裁汰"，而他提出的裁留标准是编入"强壮者""有枪者""有训练者""有革命功绩者"②，而将不符合标准的淘汰。冯玉祥所提出的标准更多有利于他的第二集团军，因为在北伐过程中，他出力多却得实惠少，蒋介石与阎锡山都因为大量的招降纳叛扩充了军力，而降军与叛军并没有"革命功绩"，所以同比例裁兵对冯玉祥来说是不合算的。冯玉祥的提议使蒋介石、阎锡山、李宗仁不满，然而阎锡山更担心的却是蒋介石与冯玉祥结成联盟，所以他在提案中加进了关于设立"中央编遣区"的提议。这个提议表面倾向于迎合蒋介石，但实际目的在于离间蒋介石与冯玉祥二人的关系。蒋介石顺水推舟采用了阎锡山的提案，通过了《国军编遣委员会进行程序大纲》中编遣区的划分，最终造成他与冯玉祥的对立。

---

① 中国第二历史档案馆编：《中华民国史档案资料汇编》第五辑第一编《军事》（一），江苏古籍出版社 1994 年版，第 627—630 页。
② 冯玉祥：《冯玉祥日记》（第 2 册），江苏古籍出版社 1992 年版，第 468 页。

在"国军编遣会议"过程中，蒋介石曾在日记中写道："军阀习惯性成，除不胜除，余乃为内外夹攻之人，思之但有郁闷而已。"[1]冯玉祥的体会则是"蒋专弄权术，不尚诚意，既联甲以倒乙，复拉丙以图甲，似此办法，决非国家长治久安之象。"[2]本来最有诚意与蒋介石合作的冯玉祥最终与蒋介石对立，而少了冯玉祥的支持，蒋介石的统治主动权必然被大为削弱，阎锡山、李宗仁等人自然也会怀有异心，这也为日后的中原大战埋下了伏笔。

第二节 官、裁、编与股票交易所：
国民党如何动用金融手段"反封建"

在《子夜》中，上海的公债市场成了资本家明争的场所，而资本家在公债市场的硝烟与二次北伐后再次燃起的内战炮火相映成趣。

"是关税么？"

"是编遣么？"

---

[1] 《蒋介石日记》（1929年1月5日），《中华民国史》（第7卷），中华书局2011年版，第147页。

[2] 冯玉祥：《冯玉祥日记》（第2册），江苏古籍出版社1992年版，第571页。

尚未完成的历史

"棺材边[①]！大家做吴老太爷哪！"[②]

哄闹的场景依旧出现在小说开头的吴公馆之内。吴老太爷过世后的第二天，吴府的追悼仪式开始。所谓悼念者如潮水般涌来，然而各行各业者名为吊丧，实则各怀心思、各打算盘。他们或肆意寻欢，或暗做交易，生动复杂的时代氛围与社会面貌被浓缩在一屋之下人们的交谈中。"棺材边"又映射出《子夜》中矛盾的诞生与爆发之处。

1928 年 7 月，全国财政会议在宋子文的主持下于南京召开。在"裁兵"的浩大声势中，会议决定将每年的军费开支压缩至1.92 亿元，同时建议发行公债以筹措裁军费用。国民党的各集团军的兵力在 1928 年底已经发展至 200 余万人。据统计：现有全国军队共计 84 个军 270 个师，常年经费约需 5.46 亿元，临时经费9600 万元，共计约需 6 亿多元，实发数目 3600 万元，而国民政府当时全年预算总收入仅 4 亿元，加之新办的各种税收，亦不过4500 万元，即使将全年收入全部用作军费，而不敷甚巨[③]。

可以明显看出，高额的军费对南京国民政府造成了极大的财

---

① 那时做公债的人喜欢做关税，裁兵，编遣三种；然而因为市场变动剧烈，做此三种公债者，往往今日拥资巨万，明日即成为白手，故好事者戏称此辈者为困在"棺材边"，言其险也。"棺材边"实为"关税，裁兵，编遣"三者第一字之谐音。
② 茅盾：《子夜》，中国青年出版社 2013 年版，第 34 页。
③ 何应钦、刘纪文：《建议分期缩减全国军备以纾财力案》，《申报》1928 年 7 月 4 日。

政压力,即便将军费压缩至从未能实现的 1.92 亿元预期,但相对于预期的财政收入,仅军费一项就已经决定了南京国民政府要背负大量财政赤字。尽管财政部计划以"裁兵安置"为目的发行 3000 万元至 5000 万元的军事善后公债,但随之而来的中原大战,使得"善后"公债的目的变为了延续战火,而内战延续所导致的军费增加又迫使公债被不断发行。这一恶性循环催生了公债市场的虚假繁荣,也迫使南京国民政府走向"银行财政"与"官僚资本"。

南京国民政府军费与债务支出额占岁出百分比(单位:百万元)

年度	军费与债务支出额	占岁出百分比
1927	132.8	88.1%
1928	330.8	80.2%
1929	404.8	75.0%
1930	552.6	77.3%
1931	542.6	79.4%
1932	490.2	76.0%
1933	575.2	74.8%
1934	842.4	70.2%
1935	720.6	53.9%
1936	1389.8	73.4%

冯云卿显然是这一时局的"乱入者",他带着从农村剥削来的七八万元现款进了城,投了公债,想做"海上寓公",在狠狠赔光一笔保证金后依旧憧憬着内地的太平生活。直到另一位在公

债市场跌了跟头的李壮飞对他讲：

> 我们大家都做编遣和裁兵。政府发行这两笔债，名
> 义上是想法消弭战争，但是实在呢，今回的战争就从这
> 上头爆发了。战争一起，内地的盗匪就多了，共产党红
> 军也加倍活动了，土财主都带了钱躲到上海来；现金集
> 中上海，恰好让政府再多发几千万公债。然而有钱就有
> 仗打，有仗打就是内地愈加乱做一团糟，内地愈乱，土
> 财主带钱逃到上海来的也就愈加多，政府又可以多发公
> 债——这就叫做发公债和打仗的连环套。老冯，现在你
> 该明白了罢？别项生意碰到开火就该倒楣，做公债却是
> 例外。包你打一千年的仗，公债生意就有一千年的兴隆
> 茂旺！[1]

简而言之，原本用于发展经济的公债被当成了战争时期的投
机产品，而南京国民政府的胜负决定了投资者对公债未来收益的
预期，也决定了多空双方博弈的胜负。然而，公债市场表面虽看
似有博弈的可能，实则早在游戏的开局就有了结果。由于二次北
伐之后接连不断的内战，再加上南京国民政府为了谋求列强的承
认而揽下北洋政府的所有旧债，直接导致从 1929 年到 1937 年的
9 个财政年度中，南京国民政府的财政总赤字占到了财政总支出

---

[1] 茅盾：《子夜》，中国青年出版社 2013 年版，第 195—196 页。

的 21.7%，所以只有不断发行公债来填补空缺、弥补支出。但问题也出在了公债持有人的身上。

为了吸引更多资本进入公债市场，南京国民政府以高利息、大折扣来吸引以银行团为主的买家购买公债。

> 公债的折扣，在发行条例上虽规定为"十足发行"，或"九八发行"，而事实上，当公债向四大家族的"国行"抵押时，普通都是五六折或者六七折，加上公债利息六厘至八厘不等，所以银行承购公债，如按结价时计算，所得的利益约在年利三、四分之间。①

1931 年以前，公债持有者的年收益率为 12.5% 到 22.5% 不等；1932 年因上海战事高达 25%。显然，银行经营公债可以从多种途径获得高额回报：可以收取利息；可以在公债市场上将公债买多卖空，进行投机；可以将公债作为发行钞票的担保，获取发钞利益。

与银行资本家相反，政府发行公债却要遭受很大亏损：

> 国民党政府公债发行额与实收额之间是有很大差距的，例如自 1927 年到 1931 年国民党政府发行债券达 10 亿 5800 万元，而从蒋政府发表之"财政报告书"中关于

---

① 千家驹：《旧中国公债史资料（1894—1949）》，中华书局 1984 年版，第 26 页。

"债券收入"合计五年之内，不过收入约 5 亿 3870 万元，即仅为银行发行额的半数以上。[①]

正是因为公债的大折扣与暴利，使得金融资本对它青睐有加，政府之所失，成为银行之所得。据吴承禧的研究估计，1932 年银行持有的政府债券约占流通额的二分之一；章乃器则认为，银行持有者约占流通额的三分之二。总而言之，政府债券成为当时银行界最有利的投资，也是市场上热门的投机筹码。投资者只要知道了战场上的"内幕消息"，跟对了银行团的买卖动向，就能赚得盆满钵满。公债财政实质上变成了银行的投机活动，社会资本积累的宿命无非是帮南京国民政府与银行家、投机者们实现打仗、还债、钱生钱的目标。

这一方面直接导致南京国民政府要求掌握更多的大银行，乃至实行"官僚资本主义"的金融垄断；另一方面，冯云卿这类的"散户"自然成了为公债投机市场输送血液的"韭菜"，以至于他不得不"卖女求财"来套取赵伯韬的内幕消息。

同时，即使吴荪甫组建了代表"民族工业资本家联盟"的"益中信托公司"，即便他又早已意识到，为了生存必须与赵伯韬放手一搏：

---

① 引文出处同上。据国外学者塔马格纳统计，1927—1934 年南京国民政府发行债券 14.65 亿元，实收 8.09 亿元，占 55.2%。杨格修订这一统计，结果显示政府所得亦只占债券额的 64%，最多占 76%。政府要按发行额还本付息，所以损失总在 30%—50%。

他整饬了自己一方面的阵线,他使得孙吉人他们了解又做公债又办厂不是矛盾而是他们成功史中不得不然的步骤;他说明了消极的"自立政策"——不仰赖银钱业的放款,就等于坐以待毙;只有先战胜了老赵,打破了老赵指挥下的"经济封锁",然后能真正"自己立定脚跟"!他增强了他那两个同事对于老赵的认识和敌意。他把益中公司完全造成了一个"反赵"的大本营![①]

但赵伯韬的后台是美国资本家,这注定了吴荪甫的悲剧宿命。作为对华经济侵略的始作俑者,在1936年以前,帝国主义列强国家在中国经营的银行达30家,总分支机构114处。1936年,33家在华外国银行的资本为19亿元,而同年69家由中国资本经营的商业银行资产只有14.3亿元。在帝国主义买办资本与南京国民政府官僚资本主导的公债市场中,民族资本想要生存发展就只能选择依附。

公债之外,关税问题也尤为重要。关税问题一直被当作与列强"改订新约"的重中之重,摆脱从鸦片战争以来被迫签订的"协定关税",恢复关税自主权,既有益于政治宣传,又能增加财政收入;更为关键的是,政府发行公债必然要以财政税收作为担保,而随着南京国民政府向列强展现出一系列妥协姿态,所谓"自主关税"的成型使关税逐步成为发行公债最为重要的担保。

---

① 茅盾:《子夜》,中国青年出版社2013年版,第297页。

为了获得帝国主义列强的承认，南京国民政府自成立起便表现出了向列强妥协的外交政策倾向。早在1927年南京国民政府的布告中便已透露出这种信息："本府兴师北伐，志在铲除军阀，解北方同胞于倒悬，俾先总理之三民主义得以实施于中国，而非与各国为敌。凡我军人当知爱护党国，体谅斯意，嗣后对于各国之兵舰商船，不得擅施射击，对外人之生命财产，军行所至，尤须随时加意保护，以重邦交。"而在处理"炮轰南京事件"上承认中方负有责任，并在向帝国主义列强赔礼道歉的同时照顾列强的利益，试图借此打开与列强交涉的大门。更为关键且又埋下无穷祸患的，则是南京国民政府试图以包揽前政府旧债的方式换取列强的认可。

南京国民政府在成立之初，其外债政策就是"包下旧债，续借新债"，因为想被列强承认的一个重要条件，就是偿还以前历届政府所积欠的债务。同时，也只有偿还旧债，才有可能进一步向外国举借新债。为此，宋子文在1928年7月召开的全国财政会议上就宣布要"全面整理外债"，同年9月又继续宣称"亟欲维护国家信用"。然而南京国民政府财政负担最重的两项，其一是巨额的军务费支出，其二就是前期政府积累的大量外债。据张肖梅、张一凡记载：

> 查我国举借外债，始于同光之交，前后借债12次，合计债款4000万两，十余年后如数清偿。甲午战后，五年间即借款7次，约3.7亿两，后又陆续借款筑路，加上

庚子赔款，截至 1912 年，已负外债 6.266 亿多元，赔款 18.747 亿元。北京政府所发的有确实担保的外债共 19 种，其中财政借款 9 种，铁路借款 10 种。合计 42363981 英镑、1100 万美元、15899 万法郎、9360.81 万日元、荷金 5000 万弗洛林、国币 500 万银元。[①]

以偿还巨额外债换得所谓的"关税自主"的财政政策，确实为南京国民政府持久的公债发行提供了保障。自 1927 年到 1931 年的 5 年时间里，公债主要以关税、盐税、统税（统税包括卷烟、棉纱、麦粉、火柴、水泥、烤烟等税）作为担保。自 1929 年起，在南京国民政府逐步与列强达成"关税自主"协定之后，1931 年的公债发行"改为概以关税为担保"。关税收入固然成了"可靠"的财源，但这一财源的"可靠"之处更在于可继续创造更多的债务，延续更持久的战争。在 20 世纪 30 年代，除去财政支出中的军费与需要支付的外债，南京国民政府仅需偿还的内债比重就已占关税收入的 50%，这就必然造成银行资本势力（内债的主要承兑者）对关税政策的发言权的增大。

---

① 另据邬志陶换算成国币银元，北京政府时期共借外债是 5.337 亿元，加晚清时期的 6.266 亿元，共 11.603 亿元，再加清政府的赔款 18.747 亿元，总共是 30.35 亿元。有人初步统计：从 1916 年 10 月至 1918 年 9 月，日本对华借款共 89 项，其中有 3 项是与英、美、法等国共同借款，总计 29500 余万元。借给北京政府及各省地方政府的为 288000 万元（包括南方各省地方政府 7 项借款 1050 余万元）；借给个人和企业公司的 1650 余万元。就上述数字看，90% 以上的借款是给皖系军阀把持的北京政府和各省地方政府。

关税、裁兵、编遣无不与公债挂钩，而大部分公债的持有者则是银行团。在《子夜》故事的开头和结尾，各有一处反映出赵伯韬的神通广大，其一就是花30万元让冯玉祥的西北军撤退30里：

> "所以我说其中有奥妙啦！花了钱可以打胜仗，这是大家都知道的。但是花了钱也可叫人家打败仗，那就没有几个人想得到了。——人家得了钱，何乐而不败一仗。"
>
> ……
>
> "整整三十万！再多，我们不肯；再少，他们也不干。实足一万银子一里路；退三十里，就是三十万。"①

其二则是在故事结尾，吴荪甫、赵伯韬二人在决战时刻，赵伯韬向南京国民政府施压，买办与官僚沆瀣一气：

> "慢点儿！我先讲老赵跟我们捣蛋的手段。他正在那里布置。他打算用'内国公债维持会'的名义电请政府禁止卖空！秋律师从旁的地方打听了来：他们打算一面请财政部令饬中央，中交各行，以及其他特许发行钞票的银行对于各项债券的抵押和贴现，一律照办，不得推诿拒绝；一面请财政部令饬交易所，凡遇卖出期货户头，都须预缴现货担保，没有现货缴上去做担保，就一律不

---

① 茅盾：《子夜》，中国青年出版社2013年版，第43—44页。

准抛空卖出——"

……

"这是无论如何办不到的！那就简直是变相的停住了
交易所的营业！和甫，我想这是老赵故意放这空气，壮
'多头'们的胆！"①

赵伯韬无疑具有左右南京国民政府的本事，奈何吴荪甫直到
最后也没能认识到胜负早已成定局。从表面看，吴荪甫的失败源
于众叛亲离与杜竹斋和刘玉英等人的倒戈，但实际却如他内心的
感慨："胜败之机应该早决于昨天、前天、大前天"，又何必纠结
在"最后五分钟的胜败"呢?

南京国民政府的本质早已决定了它走向"官僚资本"与"银
行财政"的宿命，它必然要汲取社会的资本积累用于战争和投机，
而非投资于农业和工业的扩大再生产。

吴荪甫生于"内地无数的吴老太爷"和冯云卿所代表的地主阶
级，败于买办与官僚相互勾结的资本势力，这便是中国资本主义既
"先天不足"又"难成气候"的必然走向。民族资产阶级因缺乏独
立性，最终只有在封建军阀的混战与官僚买办资本投机逐利的夹缝
之中生存发展。而吴老太爷和冯云卿在作为封建地主阶级的同时又
兼具资本主义的性质，他们榨取了农村的大量资本，又将其投入在
商业和投机事业上，期待都市安稳富足的生活，却最终只能在看似

---

① 茅盾:《子夜》，中国青年出版社 2013 年版，第 463 页。

生机勃勃又光鲜夺目的金融投机市场里有去无回。

归根结底，"吴荪甫们"所争取的与"冯云卿们"所向往的究竟能否实现？中国社会的现实又是否能给"吴荪甫们"与"冯云卿们"的追求提供可能？换言之，中国的资产阶级能否主导中国社会，进而承担起民族独立解放的任务？中国的封建势力又是否已经退居次席且自觉地脱离旧社会的母体？在 20 世纪 30 年代社会性质论争的过程中，与之相关的一系列问题被呈现出来，它们既成为《子夜》的素材，也是《子夜》的提问与回应。

第三节　中国社会性质论争：多重意识形态里的"封建"与"资本主义"

一、"新生命派"：国民党意识形态里的地主与资本家

茅盾曾在对《子夜》的回忆中谈到他当时的创作动机，其中一部分原因"即是回答了托派：中国并没有走向资本主义发展的道路，中国在帝国主义的压迫下，是更加殖民地化了"[1]。

诚然，《子夜》是 20 世纪二三十年代中国社会性质论争的产物，尽管被梳理和归纳之后的论争呈现出系统化、理论化的面貌，但在具体的历史背景中，论争本身所反映的乃是生产方式的杂糅

---

[1]　茅盾：《子夜》，中国青年出版社 2013 年版，第 483 页。

与矛盾的复杂性,它是大革命失败后的必然延续,是共产国际与苏共内部多数派与反对派的斗争,是频繁的内战和世界经济大萧条与帝国主义经济压迫等众多因素的综合结果。被大革命接连失败的阴霾所笼罩的中国共产党急切需要在一连串波折后明确一种认识,探索一条道路,也正因为《子夜》是在复杂环境中生成的结果,所以也更加需要将其背后复杂的历史内容呈现出来。

在 1930 年的夏秋之交,关于中国社会性质的论争深入到了学术界,并逐渐步入鼎沸阶段,后来的学者将学术界论战的发端定为 1928 年 10 月陶希圣《中国社会到底是什么社会?》一文的发表。在之后的一年多时间里,随着"新生命派""动力派""新思潮派"悉数登场,各派遂而在自己的立场上展开了交锋。

作为"新生命派"的主将,陶希圣认为,中国传统的封建制度早已瓦解,其分解的原因是由于商人资本的发达,遂使土地私有制逐渐生成。客观而言,陶希圣十分注重对于"封建"概念的把握,他站在"古典封建论"的立场上将传统中国的"地主阶级"与西欧的"封建领主"区别开来:

> 中国地主阶级与封建领主不同,非世袭的身分而是货币持有主依契约并稍带强制来买得土地而形成。货币最大持有人是收夺地租的大地主及商人资本家,所以中国之地主阶级与商人资本并不立于反对的地位。
>
> ……
>
> 封建领主的统治方法是政治支配权掌握于经济剥削

者之手。政治支配者与经济剥削者是同一的个人。中国地主既不是像封建领主那样的世袭地主，也不是固定的身分，这种方法是不可能的。所以中国的政治支配与经济剥削二者，随商人资本发达的程度，随土地私有完成的程度，而逐渐分离。经济剥削，归于地主阶级。政治支配，归于官僚。[①]

但陶希圣对"封建"的规范不仅仅是一个制度或政治层面的概念，这就造成了他在概念的界定和使用上产生了不确定和多变。究其原因，按照他在 1932 年的说法："我四年来犯了冒失的毛病，现已自悔。但我四年前冒失下手发表论文，是因为那时很少人注意这种研究。现在见解已多，如再以冒失的精神多提意见，反把理论战线混乱。我希望短篇论文减少，多来几部大书，把唯物史观的中国史在学术界打一个强固的根基。"[②] 这种"多变"具体体现在他对于中国秦汉以后、鸦片战争以前的社会性质的界定。关于这一时期的社会性质，陶希圣提出的认识有"商业资本主义社会""前资本主义社会"和"后封建主义社会"等说法。在《中国社会到底是什么社会？》一文中，他认为战国时期的中国已经步入商业资本主义：

[①] 陶希圣：《中国之商人资本及地主与农民》，高军编：《中国社会性质问题论战（资料选辑）》，人民出版社 1984 年版，第 115 页。
[②] 陶希圣：《中国社会形式发达过程的新估定》，《读书杂志》（第 2 卷第 7—8 期）1932 年 8 月。

我们先观察封建制度崩坏的过程。周的末期，中国国内各民族各侯封，很不平均的各递其发展。几个侯封里面，商业资本主义已发达起来，最显著的是齐。在春秋时代首先称霸的便是这资本主义齐国。自齐霸中国以后，各侯封间继续了几次大战，渐促成国内的中央集权。而战争背后，颇有商业发达，都市集中，人口增进的影子。[①]

之所以有"商业资本主义"这种界定，是因为"封建制度"和"封建势力（封建要素）"对陶希圣来说是两个脱离开的概念，这种区别主要来自俄国经济学家波格丹诺夫的《经济学简明教程》。列宁曾称赞这部著作把政治经济学的研究范畴拓展到资本主义时代以外的各个历史阶段，后来此书经过多次修订后出版，并于20世纪20年代传入中国。在修订本中，波格丹诺夫依据交换的存在和形式，提出历史的发展模式是：第一阶段，自给自足的社会（原始氏族共产主义—氏族宗法社会—封建社会）；第二阶段，商业社会（奴隶制或农奴制—商业资本主义—工业资本主义—金融资本主义）；第三阶段，社会化的有组织的社会。而在这种理论框架之下，陶希圣当时的表述内涵区别于中共和"托派"。

被陶希圣认定为"商业资本主义"的标志之一就是兼具地主与资本家性质的"士大夫阶级"的长期存在，所以在帝国主义入

[①]　陶希圣：《中国社会之史的分析》，商务印书馆2015年版，第25页。

侵之前，中国的"宗法制度已不存在，宗法势力还存在着"；"封建制度已不存在，封建势力还存在着"，而封建制度被"商业资本主义"所瓦解。但另一方面，在《士大夫身份与知识阶级》一文中，陶希圣又将几千年来的中国概括为"后封建时期的官僚国家"，并以帝国主义入侵为界限，指出几千年来"中国社会还没有进入资本主义的兴盛期，八十年前的中国社会是前资本主义的封建社会。八十年来的中国社会是帝国主义侵略下的半封建社会"①。在其《官僚及军队之封建的形态》一文中，陶希圣在分析中国历史上存在的商业活动、政府政策、军备和官僚等基础上指出："中国的农业和手工业经济，及由这种社会经济发生的结果……这些实阻碍资本主义的发达，致中国社会直到清末，还是一个封建社会，政治形态还是一个军事封建国家。"

可以看出，尽管陶希圣试图描述出中国古代社会的若干结构性特征，但他又不能避免在各种"封建要素/势力"间兜圈子。

在这种理解下，不以"宗法制度"做依托的"宗法势力"，与不以"封建制度"做基础的"封建势力"，是中国资本主义不能进一步发达的枷锁。但帝国主义侵略所引起的中国社会构造的改变，又使中国完全成为商业金融资本的天下，而彼时的中国就是上述因素相互掺杂而成的一个结果。概括而言，这便有了"中国社会是金融商业资本之下的地主阶级支配的社会，而不是封建

---

① 陶希圣：《中国社会之史的分析》，商务印书馆 2015 年版，第 162 页。

制度的社会"[1]这一结论。

倘若以同时期参与论战的王宜昌的观点来看,他认为:

> 1930 年来陶希圣只从事于中国种种复杂的社会现象,加以感觉,而零碎地记录下来,成为他底《中国社会现象拾零》。其唯一功绩,搜集了许多材料,他在这资产阶级学者底归纳法德杂乱排列之中,不仅是怀疑到了以前的"制度削减、势力存在"底理论,而且怀疑到了 1929 年中底"有史以来便是中国封建制度停滞迁延变化消减"的意见,更根本怀疑到他自己所理解的什么"封建制度是基于租佃制度",或"基于农奴制度之上"底理论,它们谁是谁非。[2]

以当代学者冯天瑜的视角分析:"陶氏并未坚持将'封建'规范为政治性的国体概念,而力求兼从经济制度上解说'封建',但他又无力完成对'封建'的经济义与国体义两者的整合,故在表述中往往出现概念紊乱,前后矛盾,每为论战对手所诟病。"[3]

这里的"经济义",即是以政治经济学批判中所包含的最基础的范畴,如生产方式、交换、分配等,作为分析与界定社会形态的方法和参照,而"封建势力(要素)"、商业资本等经济特

---

① 陶希圣:《中国之商人资本及地主与农民》,高军编:《中国社会性质问题论战(资料选辑)》,人民出版社 1984 年版,第 115 页。
② 王宜昌:《中国封建社会史》,《读书杂志》1933 年第 3 卷第 3、4 期合刊。
③ 冯天瑜:《史学术语"封建"误植考辨》,《学术月刊》2005 年第 3 期。

征，面向的只是一种存在于社会形态当中的经济事实。正是因为一个社会形态内部会存在多种生产方式，所以按照"经济特征论"的方法，便难以通过归纳社会形态的方式对历史进行分期。

客观而言，因为中国社会长期以来的特殊性以及近现代逐步呈现的驳杂性，使陶希圣所关切的问题，不在于追问马克思主义经济学说能否及如何适用于中国，而是"在于如何全面发掘中国社会从战国至眼前一贯的经济特质，并形成一套足够描述这些特质的理论"。但也正是这种态度又使他与马克思主义经济学说保持距离，不能像"新思潮派"与"动力派"一样，感受到马克思主义经济理论与中国社会性质之间的张力。

对于"动力派"来说，他们延续的是"托陈取消派"的观点，所以他们与在中共中央文化工作委员会领导下的"新思潮派"之间，又有着很深的论战渊源。

二、"新思潮派"与"动力派"：斯大林派（多数派）、托洛茨基派（反对派）的中国表述

20 世纪二三十年代中国社会性质的论争，始于 1926 年的莫斯科中山大学，时任校长的拉狄克为托洛茨基派，托派也是当时中山大学内的主要力量。拉狄克曾在《中国革命运动史》中指出，中国"无所谓封建势力，只有商业资本家"，"这商业资本是农村经济破坏之主干在农民贫穷化基础上产生的寄生虫"。但拉狄克的观点在次年遭到了斯大林派副校长米夫的批判，米夫在《中国

革命的性质和动力》一文中指出,"推翻帝国主义统治和异常严重的半封建历史残余",是中国革命中交织在一起的两大任务。由此,关于中国"封建残余是否存在"的问题便从两位校长的争论展开,进而区分为以斯大林、布哈林等为代表的、支持"封建势力占统治地位"的多数派,和以拉狄克、托洛茨基等为代表的、支持"资本主义势力占统治地位"的反对派。

但是,关于中国社会性质问题论战的开端并非以中国社会的现实为立足点。在大革命失败之前,斯大林以被"神圣化"的俄国革命经验为模板,简单地认为中国内部各阶级在帝国主义压迫之下形成一致,从而为中共提出了"四个阶级联合"与"阶段论"的革命路线。正如他在大革命失败前的讲话中对中国社会革命力量所做的梳理:

> 主要的革命力量:中国无产阶级,中国人数最多的阶级农民,手工业者。然后是同路人:民族资产阶级。它对帝国主义不满,因为像我刚才说的,它受到帝国主义银行的束缚,受帝国主义商号的束缚。然后是民族知识分子。这些人中工人和农民是主要的革命动力。其余所有的阶层虽然也支持反帝战线,但却是辅助阶层,它们很重要,但毕竟是辅助性质的。从这里可看出中国革命的性质。中国革命不是简单的资产阶级革命,而是资产阶级民主革命,类似 1905 年我们经历过的这么一种

革命。①

斯大林将大革命比作是与 1905 年俄国革命相类似的阶段。但在同一篇讲话中，斯大林借助 1905 年列宁提出的"工农民主专政"中"反对封建残余"的观点来支持他的"四个阶级联合"，②认为"中共应该抓住越来越多的东西"并与民族资产阶级形成"暂时的妥协"，但其实质是使民族资产阶级统治着党。列宁的原话是：

> 要把俄国民主向尽可能彻底的方向推进，无产阶级就必须联合广大具有民主革命利益的小资产阶级和农民阶层。而将革命进行到底，取得对沙皇制度的彻底胜利，就是"无产阶级和农民的革命民主专政"。
>
> ……
>
> 无产阶级和农民的革命民主专政，同世界上一切事物一样，有它的过去和未来。它的过去就是专制制度、农奴制度、君主制、特权……它的未来就是反对私有制

---

① 斯大林：《在联共（布）莫斯科机关积极分子会议上关于中国大革命形势的讲话》（1927 年 4 月 5 日）。
② 斯大林指出："列宁早在 1905 年讲到无产阶级和农民阶级革命民主专政时就说过，这种无产阶级和农民阶级专政，和世界上一切事物一样，有两个方面，一是其过去，即反对封建残余的斗争，一是其将来，即反对帝国主义，为社会主义而奋斗。所以为了这个将来，中共应该抓住越来越多的东西，以便将现在的革命，极其伟大的资产阶级民主革命，转化为社会主义革命。只有那时，也只有在这个条件下，才能真正谈得上在中国根除帝国主义。"

的斗争,雇佣工人反对业主的斗争,争取社会主义的斗争……①

列宁在 1905 年提出上述论断的意图,是在革命前回应俄国社会民主工党中存在的两种观点:一是出自以马丁诺夫等为代表的"新火星报派",他们以俄国面临的任务是资产阶级民主革命为由,主张革命不能产生违背资产阶级意志的政治形式,革命胜利后成立的临时政府的主人只能是资产阶级,而俄国无产阶级及其政党不应参加临时革命政府,只能作为临时革命政府之外的忠实反对派,通过施加压力迫使资产阶级将俄国民主革命引向深入;二是以托洛茨基和帕尔乌斯等为代表的"不断革命派",他们积极主张参加临时革命政府,尽管临时革命政府里同时存在着农民和知识分子等小资产阶级力量,但前提是,担负统治和领导角色的只能是俄国无产阶级及其政党。

列宁无意将革命政权交给民族资产阶级,而以斯大林为代表的多数派则对国民党寄予厚望,他们既高估了中国民族资产阶级对"封建残余势力"革命的能动性,同时又对中国的"封建残余势力"缺乏本土化的认知。

概括而言,多数派指出"封建残余势力"在中国社会性质中占据主导,是通过对照封建主义与资本主义的经济特征而得出的结论。多数派认为,尽管中国大量的小农只占有少量的土地,但

---

① 《列宁全集》(第 11 卷),人民出版社 1987 年版,第 67—68 页。

"地主的土地占有制"在经济上并不起最主要的作用，这是由于中国的土地关系与地租都十分特殊，它"既不是'典型'封建主义国家中土地关系的简单重复，也不是由'典型'封建主义转化为'典型'资本主义或近乎'典型'资本主义制度的国家中土地关系的简单再现"①。然而在这种"非典型"的土地关系中，虽然存在高利贷资本、商业资本同封建主义结合的地租形式，但以实物和货币形式的地租同时存在，且因为"实物地租是占统治地位的形式"，所以"其实质是封建的代役租制"。

这种抽象的经济特征分析难以揭示中国社会各阶级之间复杂的勾连，仅是为革命的内容提供了一个看似合理的解释。但在第一次大革命遭遇失败后，多数派对上述观点的坚持，以及继续向"武汉的革命的国民党"妥协，表明了其目的是维护"四个阶级联合"与革命"阶段论"的合法性，从而区别于反对派无产阶级专政下的"不断革命"。同时，多数派将大革命的接连失败归咎于中共中央，认为中共的领导机构中知识分子太多，工人成分太少。多数派认为知识分子脱离实际，政治立场没有工人坚决，但随即提出的"第三时期"理论又导致中共出现了三次"左"倾失误，最终使多数派的"封建残余论"成了不断试错的幌子。

大革命接连失败的结果表明，以斯大林和布哈林为首的"多数

---

① 布哈林：《中国革命问题》，中共中央党史研究室第一研究部编：《共产国际、联共（布）与中国革命文献资料选辑（1926—1927）》（下），北京图书馆出版社1998年版，第43页。

派"夸大了中国民族资产阶级的积极作用，而作为论争的对手，反对派同样对中国民族资产阶级十分重视，只不过这种重视聚焦于民族资产阶级的反动作用。托洛茨基曾批判多数派将殖民地和半殖民地国家的民族资产阶级视为可以联合的民主阶级：

> 列宁从不曾像如今的布哈林一样，将民族的解放战争置于资产阶级民主革命以上去……列宁再三申说，把压迫国的资产阶级同被压迫国的资产阶级分别清楚；但是列宁从来不曾且从来不会发这样的问题：仿佛在实行民族解放斗争时期中的殖民地和半殖民地国家中的资产阶级，要比非殖民地国家中的资产阶级在资产阶级民主革命时期中来得更进步些革命些。理论上既说不过去，而在历史事实上亦未能证明。①

与此同时，托洛茨基对于民族资产阶级"反动性"的重视，又源于他对"工农民主专政"的看法。在托洛茨基看来，尽管农民群体在革命中的作用不可忽视，但他们既不能发挥独立作用，更不能起领导作用，从而导致农民要么追随工人，要么倒向资产阶级。所以，"在创建农民党的道路上存在着不可逾越的障碍，这就是小资产阶级（也就是农民）在政治上、经济上缺乏独立以及

---

① 托洛茨基：《中国革命的回顾及其前途》，中共中央党史研究室第一研究部编：《共产国际、联共（布）与中国革命文献资料选辑（1926—1927）》（下），北京图书馆出版社1998年版，第309页。

其内部的深刻分化"，因此要将"工农民主专政"变为"统率着农民的无产阶级专政"。

凭借这一特殊的"农民观"，托洛茨基的"革命论"必然要求无产阶级采取直接反对民族资产阶级的行动，进而在革命运动中团结农民，并防止农民的内部分化：

> 大多数的农民在民主革命中处于不寻常的地位。不与农民结盟，无产阶级就不能解决、也无法真正提出民主革命的任务。然而，不与民族资产阶级和自由资产阶级的影响做不调和的斗争，这两个阶级的同盟就不可能实现。[①]

托洛茨基这一革命策略本意是以"无产阶级专政"取代"工农民主专政"[②]，但在反对派与多数派针对中国革命论争的语境当中，其含义即是在对待本国民族资产阶级的态度方面，究竟是"暂时的联合妥协"还是"做不调和的斗争"。"不断革命论"中的革命范式，是把对专制主义和封建主义的清算与社会主义革命结合起来，

[①] 对马忠行：《托洛茨基主义》，大洪译，黑龙江人民出版社1984年版，第27页。
[②] 根据俄国的革命经验，"小资产阶级（农民）内部会产生深刻的分化"使托洛茨基不认可"工农民主专政"的现实性，同时也不赞同第三国际将这一口号强加给东方各国。所以，"这一口号只要是同无产阶级专政的口号对立起来，它在政治上就只能促成无产阶级溶化到小资产阶级群众里面，因而就创造了最有利的条件让民族资产阶级夺取领导权，从而也促使民主革命失败"。

并将民主、民族的解放任务视作连续统一的过程,所以倘若将中国社会中"封建残余势力占统治地位"这一论断作为可与民族资产阶级"联合妥协"的理由,便会导致机会主义路线的产生。

这样一来,民族资产阶级的反动性便成为着眼点。托洛茨基认为,"1911年中国已经经过了二月革命"①,中国民族资产阶级在辛亥革命之后已经开始掌握政权,所以中国社会当中资产阶级的势力已经压倒了封建势力:

> 大中地主(按中国的规模)与城市资本(外国资本也在内)是有最密切关系的。中国没有与资产阶级对立的地主阶级。农村中的一般的最广泛的而极残酷的剥削者就是富农和高利贷者,即城市银行资本的经纪人;所以中国的土地革命是反封建的同时亦是反资产阶级的性质。
>
> ……
>
> 建筑在包罗全国的商业与银行资本基础上的国内工业非常迅速的发展;重要农民区域之完全依赖市场;对贸易之伟大与日益增长;中国农村之各方面隶属于城

---

① 托洛茨基认为,"1911年中国已经经过了二月革命,这一次的革命是在帝国主义者直接参加之下成立的,但确是一个进步的伟大事件。孙中山在他的'孙文学说'最后一章上曾经写到他的组织如何的依赖日本、法、美的帮助。固然,1917年克伦斯基主张继续参加帝国主义战争,但中国的'民族'的'革命'的资产阶级也曾拥护过威尔逊(美国当时总统)参加欧战的主张,企图藉此得到协约国的帮助以解放中国"。

市；——所有这些都显出资本主义关系在中国无条件地占优势和占直接的统治地位。[①]

然而，当大革命的接连失败、武装暴动的失利成为不可逆转的事实之后，反对派结合世界经济大萧条的国际环境，一方面认定中国革命走向低谷，另一方面又为中国的资产阶级提出了"关税革命"的任务。

在反对派看来，中国的民族资产阶级还有继续发展的空间，因为自1925年至1927年的革命并未能使民族资产阶级建立一个"统一和关税自主"的国内市场。换言之，倘若中国的民族资产阶级能够解决自鸦片战争以来形成的一系列关税不平等，这一阶级自身仍有着可以预期的前景，但同时也将迫使无产阶级在革命的低潮期进行让步。

托洛茨基在提出"关税革命"的基础上认为，"这是中国资产阶级的生死的需要，其意义仅亚于维持着对于无产阶级及贫农的统治的问题"[②]。在他看来，连续的革命失败与经济恐慌已使无产阶级退却，也正是这种视革命进入低潮期的认识，使反对派产生了"先进行防御战，后改为进攻战"的策略，其权宜之计"当然是靠

---

① 托洛茨基：《中国革命的回顾及其前途》，中共中央党史研究室第一研究部编：《共产国际、联共（布）与中国革命文献资料选辑（1926—1927）》（下），北京图书馆出版社1998年版，第317、335页。

② 托洛茨基：《中国革命的回顾及其前途》，中共中央党史研究室第一研究部编：《共产国际、联共（布）与中国革命文献资料选辑（1926—1927）》（下），北京图书馆出版社1998年版，第313页。

牺牲工农的血汗。在此'稳定'阶段中,将重新集合团结工人,恢复其阶级的自信心,以与他们的敌人在将来更高的历史阶段中,作更激烈的斗争"[①]。

不论多数派还是反对派,他们分别对中国民族资产阶级作出了正反两面的高估,从而难以避免地对国民党政权性质有错误的认识。更具体来说,两派之间相对立的"革命论"所包含的理论视角,直接影响到中国民族资产阶级在中国革命中"应该"所处的位置和占有的权重,而他们却都没有真正理解中国民族资产阶级的产生、处境和前景。在缺乏客观调查研究和直接经验的前提之下,也正是两派的理论视角成了其介入、剖析中国社会的"先验",才导致两派关于中国社会性质中"封建主义"势力与"资本主义"势力孰轻孰重的判断皆难成立。

1928年4月,中共六大在莫斯科召开。在接连的几次城市武装暴动皆以失败告终的背景下,斯大林在会前与中共几位主要领导人沟通,使他们相信中国革命进入了低潮,并承认中国革命暂时失败。以此为基调,中共六大的主题便成了评估中国共产党的道路如何独自走下去,以及国民党统治下的资本主义道路为何终将宣告不治。

---

① 托洛茨基:《中国革命的回顾及其前途》,中共中央党史研究室第一研究部编:《共产国际、联共(布)与中国革命文献资料选辑(1926—1927)》(下),北京图书馆出版社1998年版,第326页。

会议期间，由李立三主持的"农村土地问题讨论"①以"土地所有制与土地使用关系是土地问题的中心"为理论基础，着重论证了中国资本主义发展的不可能，而最终定稿的《土地问题决议案》将中国彼时所处的社会状态称作"半封建"，并具体地将"半封建"定义为"中国之进步的（资产阶级式的）土地所有方式"与"落后的半封建式的剥削农民的方式"两者的相互勾结。

这一论断在某种程度上延续了多数派对中国社会性质的认识。同时，李立三的"封建论"也可能在刻意与反对派所支持的"中国已走上资本主义道路"的观点有所区别。

虽然这一定义将资本主义和封建主义的表现机械地划归于"土地所有权"与"土地使用权"的法权形式，就好像两者存在于两块互不相干的领域，但六大时期的莫斯科仿佛成了一个"中转站"——在一系列的讨论和决议后，将针对"半封建论"的"明争"进一步引向中国社会内部。

在另一方阵营中，梁干乔、区芳等托派人员于 1929 年陆续回国，并组织成立了"中国布尔什维克列宁主义反对派"。陈独秀也经彭述之之手读到了托洛茨基关于中国革命的一系列文章。反对派的观点使陈独秀深感寻得知音，仿佛为他过去的路线方针提供了理解与辩护。于是，陈独秀于 1929 年下半年连续给中共中央写了三

---

① 共产国际东方书记处组织的苏联专家以及苏兆征、向忠发等中国代表共同起草了中共的土地纲领草案，并由李立三在这份草案的基础上先后做了《关于农民土地问题的报告》《农民土地问题讨论的结论》《关于农民土地问题讨论的总结发言》三次报告，最后在 7 月 9 日定稿为《土地问题决议案》。

封信。他在指责共产国际及中共中央所贯彻的错误路线的同时，也肯定了国民党所代表的资产阶级政权的成熟性与反动性，并反对将中国的"封建残余"视作革命的目标。他认为这是"轻视了资产阶级势力，把资产阶级的一切反动行为归之于封建残余"[①]。

此时的"托陈取消派"在对中国社会性质的论断上延续了反对派的观点，因此认定"改组派倒蒋"与"蒋桂战争"等都只是资产阶级政权的内部斗争，而非封建军阀混战，进而断定中国革命并不是处在"革命的阶段"，反而是处在反革命时期，而反革命时期的民主运动，"只有走向革命之可能，而不是革命"[②]。

"托陈取消派"的批判引发了中国共产党内关于中国社会性质问题以及中国革命道路的论争，进而又将其影响波及学界。这一系列的转折发生在大革命失败前后的短短几年当中。苏共党内和共产国际内部针对两种"革命论"的斗争虽然将关于中国社会性质的分析当作手段，但也为后来中国内部的社会性质论争进一步打开了唯物史观的大门。

"半封建"从"武人政治""封建军阀"为代表的上层建筑，转向"实物地租"和"金融资本和宗法氏族性质的经济残余"之混合所代表的经济基础。民族资本摇摆于革命力量与反动

[①]　陈独秀：《陈独秀告全党同志书》，中共中央党史研究室第一研究部编：《共产国际、联共（布）与中国革命文献资料选辑》（1926—1927）（下），北京图书馆出版社 1998 年版，第 360 页。

[②]　陈独秀：《陈独秀告全党同志书》，中共中央党史研究室第一研究部编：《共产国际、联共（布）与中国革命文献资料选辑（1926—1927）》（下），北京图书馆出版社 1998 年版，第 360 页。

阶层之间，民族资产阶级与中国资本主义的前景究竟是有上升的潜力，还是在帝国主义、封建主义和买办阶级的围堵下垂死挣扎？

随着后来中国社会性质论战深入到学界，严灵峰等人所代表的"动力派"延续了"托陈取消派"的观点，他们将华、洋资产阶级的阶级属性视为相同，一方面认为帝国主义在资本主义发展史上的发达性、系统性、完备性必然要将中国纳入其中，进而推动中国资本主义的发展；另一方面又认为中国资本主义的发展与被殖民地化的关系是难以避免的同步趋势。"动力派"与"新生命派"的相同之处在于，此两派人物都将中国社会的资本主义性质视作主干，也将中国资产阶级的发展视作中国之命运。两者的差别在于，"新生命派"力图论述中国历史进程内在的必然性，而"动力派"更强调帝国主义时期对中国资本主义发展的"外铄"。

除此之外，王学文所代表的"新思潮派"[①]认为：在复杂的中国经济形态当中，以封建经济形态为主的各种经济形态残留并存，而在帝国主义殖民政策的大前提之下，传统中国社会的封建经济组织不断发生变异，同时中国的资本主义经济也无正常发展的可能。

但在"新思潮派"的众多论述中，最为关键的部分在于，他

---

① "新思潮派"因《新思潮》杂志而得名，1930年4月出版了《中国经济研究专号》，着重从帝国主义和中国经济的关系、民族资本在中国经济中的地位、农村土地关系等方面，分析了中国经济的性质，认为封建的半封建的经济在中国社会经济中占支配地位，中国是"半封建半殖民地"社会。

们否定了中国广大农村内部已实现了"资本主义化"；否定了"新生命派""动力派""托陈取消派"通过"商业资本和高利贷资本的发展"或是"土地的自由买卖"这种以经济特征为标准的立论方式；同时又否定了以《子夜》中吴老太爷和冯云卿所代表的群体能够自觉实现阶级转换的可能性。概括而言，"新思潮派"回到更为本质的生产关系，进而以剥削关系与生产关系的统一与否，来检验中国广大农村社会的生产方式，因此他们改善并提升了李立三的"封建论"，进而又为土地革命提供了合理依据。

正如王学文指出的，"认识资本主义经济时，必然地关联地要认识资本家的生产关系和阶级关系"[①]，而他在对实际情形进行具体分析后认为，尽管商业资本和高利贷资本作为前资本主义的剥削形态，但这些特征的存在并不能作为中国资本主义的发展已成气候的重要依据，因为它们"自身并不参加生产，并不经营生产，单单只是一个剥削方式而并不是生产方式，换言之，只是站在一定生产方式上的一个剥削方式"[②]，而且"商业资本是一种交换的媒

---

① 王昂（王学文）：《中国资本主义在中国经济中的地位及其发展及其前途》，高军编：《中国社会性质问题论战（资料选辑）》，人民出版社1984年版，第182页。
② 王昂（王学文）：《中国资本主义在中国经济中的地位及其发展及其前途》，高军编：《中国社会性质问题论战（资料选辑）》，人民出版社1984年版，第188—189页。

介，它可以在各种生产方法之下存在"[1]。对彼时中国社会的商业资本而言，它自身并不具有固定的形式，而是游走于商业资本、土地资本、高利贷资本之间，甚至还可以流入都市的公债市场变成投机资本，但它本身没有作用于改造生产本身，更没有达到实现扩大再生产的作用。

以"生产关系"和"剥削关系"的统一性作为分析、观察中国社会性质的前提，"新思潮派"的立论方法打开了用马克思经济理论分析和界定中国广大农村社会的大门。资本主义制度的原动力就是要通过生产来获得剩余价值，也就是要通过不断地扩大再生产来扩大剥削，进而获取更多剩余价值。正如阿尔都塞所概括的"马克思所揭露的真理"：

> 在资本主义社会形态——包括伴随它而来的国家镇压的各种形式——中所发生的一切，都根植于资本主义生产关系也即资本主义剥削关系的物质基础中，根植于一套剥削体系中。在这套剥削体系中，生产本身服从于剥削，从而服从于资本的扩大生产。[2]

在资本主义制度中，因为连续不断的剩余价值的生产和资本本身的生产成了目的，"剥削"与"生产""再生产"便要相互统

---

① 潘东周：《中国经济的性质》，高军编：《中国社会性质问题论战（资料选辑）》，人民出版社1984年版，第199页。
② 阿尔都塞：《论再生产》，吴子枫译，西北大学出版社2019年版，第101页。

一起来。所以不论是中国的商业资本还是金融资本，在分析它们是资本主义还是封建主义的性质时，根本的方式"不在于问它给什么人做买办，给帝国主义者还是民族资本家，而是问它怎样做买办"①。于彼时中国社会中的商业资本而言，在其经营买卖的过程中，其产生的历史作用虽然破坏了纯粹的封建制度，但也刺激了地主阶层加深对农民封建剥削的欲望，降低了封建地主对农民剥削的底线。农民无力维持生产，封建的剥削越发猖獗，最终造成的结果是在"旧有的生产关系与生产方法之下更加紧地扩大对农民的剥削"②。

对照《子夜》的文本来看，冯云卿虽然从乡村走向了都市，但他的阶级身份已深陷泥潭无法自拔。他虽然在都市的公债市场跌了跟头，但在乡下还有成百上千亩的田契可以抵押，还有不少佃农可以继续压榨剥削，而他赌上的所有本钱，也不过是为了在公债市场上再拼一把。无数的吴老太爷和冯云卿都是一边在农村"吸血"，一边在投机市场"输血"，他们的"半封建性"与其说是过渡，不如说是阻碍。

---

① 刘梦云（张闻天）：《中国经济之性质问题的研究——评任曙君的〈中国经济研究〉》，高军编：《中国社会性质问题论战（资料选辑）》，人民出版社1984年版，第555页。
② 潘东周：《中国经济的性质》，高军编：《中国社会性质问题论战（资料选辑）》，人民出版社1984年版，第202页。

第四节 老通宝与赵伯韬：土地资本 与金融资本

茅盾曾在回忆录中谈道，《子夜》创作的最初设计已经包含了"都市—农村交响曲"的构想，尽管《子夜》的终稿缩小了范围，但故事当中已经蕴含了许多必然与都市牵扯、互动的农村线索。比如上文提到的吴老太爷和冯云卿，再比如"诗人"范博文为社会学系大学生吴芝生破解"男女之大防"：

> 哼！你真是书呆子的见解！"男女之大防"固然要维持，"死的跳舞"却也不可不跳！你知道么？这是他们的"死的跳舞"呀！农村愈破产，都市的畸形发展愈猛烈，金价愈涨，米价愈贵，内乱的炮火愈厉害，农民的骚动愈普遍，那么，他们——这些有钱人的"死的跳舞"就愈加疯狂！有什么希奇？[①]

将弹子台上徐曼丽舞蹈的身姿比作"死的跳舞"，是爱说俏皮话的范博文少有的严肃。但"农村愈破产，城市愈畸形"，其中难以被清晰观察到的因果关系却直接通向必然的绝路。倘若农村还留有血肉躯体，就能供豺狼虎豹继续生存，也能为进城的

---

① 茅盾：《子夜》，中国青年出版社 2013 年版，第 61 页。

"半封建"地主输送营养。一边是山穷水尽，另一边却是肆意狂欢，此番怪象或许将是"都市—农村交响曲"曲终前的悲歌。

相似的怪象不仅反映于都市中"死的跳舞"，也同样徘徊在农民亲眼所见的困惑中：

> 老陈老爷也是很恨洋鬼子，常常说"铜钿都被洋鬼子骗去了"……
>
> 洋鬼子怎样就骗了钱去，老通宝不很明白。但他很相信老陈老爷的话一定不错。并且他自己也明明看到自从镇上有了洋纱，洋布，洋油，——这一类洋货，而且河里更有了小火轮船以后，他自己田里生出来的东西就一天一天不值钱，而镇上的东西却一天一天贵起来。他父亲留下来的一份家产就这么变小，变做没有，而且现在负了债。①

《春蚕》中的老通宝所看不明白的怪象就是"丰收灾"，就是他从没见过的"绿油油的桑叶白养在树上等到成了'枯叶'去喂羊吃"，就是明明被老天爷赏了饭吃却还不能顺遂，所以他更要去怪那些从未见过的洋鬼子。依旧是无法被清晰观察到的因果关系，老通宝只能见到结果，但也知晓必然有其不能见到的"因"。而这"因"的根源如同 20 世纪 30 年代的世界经济危机之于中国。

---

① 茅盾：《农村三部曲：春蚕·秋收·残冬》，民主与建设出版社 2017 年版，第 5 页。

一般资本主义经济危机，表现为供需不协调、产能过剩等，进而表现出社会全面的失业率上升和通货膨胀等现象。但中国社会经济危机的怪诞之处，特别表现为由农村的破产而引发的购买力的崩塌，这又与中国农村"半封建"的经济性质紧密相连。

自 20 世纪以来，中国变成了世界上硕果仅存的使用银本位的国家，而世界大多数国家都陆续采用金本位制，因此世界白银市场的波动直接影响到中国的汇率，进而波及中国的经济。其原因在于，对金本位制国家来说白银只是商品，但对于中国，它是极为重要的通货。所以当国内的货币体系与国际的白银贸易之间缺乏有效的政府监管时，所谓"通货"并不能够保证其稳定性。以此为背景，当 19 世纪末到 20 世纪 30 年代初的世界多数国家逐步采用金本位制时，全球白银开始持续贬值，由此导致的白银汇率下降与国外物价的相对上升促进了中国商品的出口，继而又在一定程度上推动了长江三角洲地区的工业化进程。但也正是因为相同的道理，当多数国家在 1931 年后因大萧条的影响而放弃金本位，并使本国货币贬值以应对危机时，依旧使用银本位的中国发生了急剧的货币升值。

简而言之，白银在 20 世纪 30 年代的急剧升值对中国社会造成了两方面影响：一是由于白银相对外国货币的购买力增强，导致白银外流、国际贸易的逆差增长，以及国内通货的紧缩；二是国内商品对国际商品在价格上失去优势，从而一方面失去了国际市场份额，另一方面又因大量廉价外国商品的进口而失去了国内市场。综合来看，白银外流造成的货币紧缩及廉价外国商品的进一步涌入，都对国内商品的价格形成了极大的下行压力。

城山智子以长江中下游地区的棉纺业和缫丝业为对象，详细解析了大萧条时期的消极因素如何结合银价波动而传导至中国的经济。概括而言，在 1929 年大萧条开始时，中国纺织行业目标市场的需求已明显下降，但受银价贬值所带来的短期通胀的误导，中国的民族工业在当时并没有意识到危机的严重性。直到 1931 年银价上升后，缫丝业等出口导向的产业已失去了低汇率时期的比较优势，棉纺业等以国内市场为目标的产业则面临需求萎缩的局面。同时，以农产品的出口来看，其出口的价格指数在 1930 年达到顶峰，之后便连年下跌：以 1930 年的价格为基准，1931 年跌幅为 7.6%，1932 年为 10.5%，1933 年为 10.3%，1934 年为 14.1%。1935 年创纪录地较 1930 年跌了 35.7%。①

农产品价格的不断下跌意味着农民的现金收入逐步减少，但如果农产品价格的下跌程度与其他商品同步，那么农民就不会因购买力严重缩水而破产，但实际情况并非如此。自 1840 年以来，

---

① 另：主要商品市场都可以观察到价格下跌。根据一份在 14 个省展开的调查报告，1931 年 1 月（计此时价格指数为 100）到 1933 年 10 月间，实际的小麦平均售价显著下滑。1932 年 1 月，平均价格降至 94，1933 年 1 月降至 82，接下来的 10 个月里，下降速度加快，到 10 月份降为 63。这意味着，此时农民出售小麦的价格仅为 1931 年 1 月的三分之二。不同地区会有差异。1931 年 8 月的长江洪灾导致小麦减产，使 1932 年安徽、河南、湖北和江苏地区的小麦价格有了较大上涨。但到了 1933 年 10 月，全国的价格一致，都呈大幅度下跌趋势。

尚未完成的历史

中国农村农产品商品化的速度十分缓慢，且完全不能与工业品商品化的速度相适应，其中的原因在于，国内民族工业、农业产品的定价方式存在很大差别：

> 工业品的基本流向是由沿海口岸运往内地和农村，其价格水准是决定于口岸市场，经过批发、运转诸环节而逐级加价。农产商品基本上是由农村和内地流向大城市和口岸，但是，尽管是国内消费的，其价格水准也是决定于口岸市场，然后按照各流通环节逐级压价。如产地米价决定于上海米市，上海米价又决定于进口洋米价（其相关系数均在 0.80 至 0.90 以上）。这就使农产品的价格脱离生产成本，在交换中长期处于不利地位。①

工业品的逐级抬价与农产品的逐级压价使得工业品与农产品之间产生了价格差，同时，20 世纪 30 年代相对价格更为低廉的外国农产品又成为国内农产品的定价标准。所以在 1931 年发生的整体性的物价下跌之后，农产品价格的下跌幅度远大于工业品价格的下跌幅度，从而导致价格差距的持续扩大。在这种情形之下，农村的农产品与城市的工业品之间的交换必然会使农村的白银大量流入城市：

---

① 许涤新、吴承明主编：《中国资本主义发展史》（第 3 卷），人民出版社 2003 年版，第 6 页。

根据上海的价格数据，对于一个大米生产者来说，在 1929 年，他可以用 17.4 石大米换 1 包棉纱，用 0.78 石大米换 1 匹灰布料，用 0.35 石大米换 1 罐煤油；而在 1933 年，同样的一个大米生产者，他必须用 23.8 石大米换 1 包棉纱，用 1.11 石换 1 匹灰布，用 1.19 石换 1 罐煤油，也就是说，分别上涨了 37%、42% 和 240%。同样的一批产品——1 包棉纱、1 匹灰布、1 罐煤油，对一个小麦生产者来说，在 1933 年，他不得不比 1929 年分别多付 3.6 担、0.29 担和 1.41 担小麦才能买到。①

农村内部用于生产和再生产的资本被不断抽走，同时加上农产品的价格不断走低，农村信贷金融机构的管理者也开始忧虑抵押品的贬值。于是集中在钱庄、当铺、高利贷债主手中的资金也被陆续从农村地区撤出。这一方面使农村地区的生产遭受现金和信贷短缺，借贷周转更为困难；另一方面，这些资金涌入上海的投机市场，阻碍了都市与农村之间的资金流通，在投机市场畸形扩张的同时导致城市、农村信贷关系进一步崩溃，并将"死的跳舞"推向高潮。

白银外流、农民购买力下降、农村破产等成了 20 世纪 30 年代中国普遍危机的重要原因，但在更早的中国历史时期也出现过

---

① 城山智子:《大萧条时期的中国:市场、国家与世界经济（1929—1937）》，江苏人民出版社 2010 年 3 月版，第 101 页。

与《春蚕》相似的情境，例如顾炎武在《钱粮论》中描述的明末怪象：

> 夫凶年而卖其妻子者，禹汤之世所不能无也；丰年
> 而卖其妻子者，唐宋之季所未尝有也……今来关中，自
> 鄠以西至于岐下，则岁甚登、谷甚多，而民且相率卖其
> 妻子。①

诚然，白银依赖进口是明清两代极为突出的问题，美洲白银在 17 世纪 30 年代供应短缺成为明王朝崩塌的外部客观原因。同时对于明代"钱粮"疲敝的内部原因，顾炎武认为一方面是因为白银在民间流通稀缺："中国之银在民间者已日消日耗，而况山僻之邦，商贾之所绝迹，虽尽鞭挞之力以求之，亦安所得哉"；另一方面是由于"火耗"之征，即从百姓征收的碎银要融化后重铸银锭，重铸期间的损失以赋税的形式层层摊派下去。简言之，依然是通货紧缩和层层汲取，使得农业品价格低廉，农村没有资本积累。

从客观的内外条件来看，明末的危机与 20 世纪 30 年代民国的萧条有着许多相似之处。或许只是老通宝"当局者迷"，直到咽气都没有看透这"丰收灾"。顾炎武虽看出了其中的重要原因，只不过他的反思依旧是在传统中国的范式之内。以后来者的视角跳出旧范式来审视明末的变局，才可能从更深层面看出明王朝的

---

① 付志宇：《中国税收思想发展论纲》，贵州人民出版社 2002 年版，第 281 页。

困境。韩毓海在《五百年来谁著史：1500年以来的中国与世界》中分析道：

> 从理论上说，明政府其实只能采用两种方法来解决国家信用问题，一种办法就是建设收支平衡的国家财政制度。运用中央财政机制，推行宝钞、严格钞法，打击商人以银垄断市场的行为，禁止民间用银。同时，必须整理多头财政，调整税收方向，把工商贸易税收置于土地税收之上，努力使得官方认定的货币，也就是宝钞的发行，可以建立在国家切实的财政能力的基础上。

> 另一种办法，就是"开中法"式的，即将货币短缺的解决，委之于让商人乃至外贸商人组织市场、组织社会，而国家则从组织社会中全盘退出。这也就是明朝所谓"不扰中国之民，而得外邦之助"的妙方，但是这样做，国家就势必要把经济命脉委之于商人，将包括银－钱汇兑机制、银锭熔铸机制在内的经济机制，全都交由民间的"富民"，特别是那些从事进出口的外贸巨商，如此，国家只是乐得省事，坐收税银而已。其理由无他，无非就是因为巨商手里掌握着大量的进口货币，它会造成更为严重的后果，就是使得一国经济依赖货币商人，

甚至外国金融业，变得不可避免。[1]

明王朝显然采取了后一种办法，即是放弃了革新传统的国家能力而将经济命脉托付于逐利的商人之手。这一现象又山重水复般出现在了南京国民政府时期，然而此时的问题更加棘手，投机资本的"能动性"也有了质的飞跃。资料显示，由于国际银价的上升，中国白银在1932年的净流出达到1039万元，在1933年上升至1442万元。雪上加霜的是，美国于1934年出台的《白银收购法案》将银价由每盎司35美分一度哄抬到81美分，从而进一步导致白银外流加剧。但是，此时的外流已不同于上文所述一般以白银作为本国货币来购买外国商品所造成的贸易逆差，而是投机资本家将外国价格更为高昂且作为商品的白银视作投机手段。面对棘手的局面，南京国民政府不得不于1934年开始征收10%的白银出口税，目的是使白银出口无利可图。

然而在日本势力的包庇下，中国白银走私出口依旧十分猖獗：仅1934、1935两年，中国白银净流出约5.7亿元，资本外逃约4.5亿元。此时的银本位已经摇摇欲坠，可南京国民政府因无力以政府信用或物资储备独立发行信用纸币，所以只能与英镑挂钩实行汇兑本位制。但实行汇兑本位的前提是需要一笔巨额外汇储备以供法币自由兑换，维持法币价值。为此，南京国民政府曾向美、

---

[1] 韩毓海：《五百年来谁著史：1500年以来的中国与世界》，中信出版社2018年版，第185页。

英请求提供 1 亿美元和 1000 万英镑的贷款，但均遭拒绝，所以南京国民政府就只有以手中国有化的白银在国外出售来换取外汇，而当时能大量收购白银的只有美国。

显然，南京国民政府的"法币"改革并没有实现对明王朝的超越，因为不论是宝钞还是法币，尽管看似可以解决货币供给问题，但更深层次的问题在于，自传统中国延续下来的社会关系、生产关系中的矛盾所造成的破产现象是否能够以"法币"的形式来掩盖、化解。所谓"法币"，背后应当具备的统一的国家主权、国家财政和国家信用，是否能够通过官僚买办资本、封建军阀集团、地主、高利贷债主等所支配的"社会再生产领域"的前景来为它背书？而为南京国民政府一系列苟且改良政策提供支撑的，最终究竟是帝国主义的资本势力，还是中国农村中广大生产者的血汗钱？

这些问题被茅盾隐含在老通宝的命运当中：老通宝的春蚕熟了、稻子生青了，可是身上叠加的债却更多了。在《秋收》中，老通宝咽气之前的一段思想斗争体现出农村小生产者为改变命运而作出的最终妥协：

> 这天上午，老通宝和阿四他们就像守着一个没有希望的病人似的在圩头下埂头上来来回回打磨旋。稻是一刻比一刻"不像"了，最初垂着头，后来就折腰，田里的泥土喷喷地发出燥裂的叹息。河里已经无水可车，村坊里的人全都闲着。有几个站在村外的小桥上，焦灼地望着那还没

> 见来的医稻的郎中，——那洋水车！
>
> ……
>
> 突然，那船上的机器发喘似的叫起来……老通宝站得略远些，瞪出了眼睛，注意地看着。他以为船上那突突地响着的家伙里一定躲着什么妖怪，——也许就是镇上土地庙前那池潭里的泥鳅精，而水就是泥鳅精吐的涎沫……但是这一切的狐疑始终敌不住那绿汪汪的水的诱惑。当那洋水车灌好了第二丬田的时候，老通宝决定主意请教这"泥鳅精"，而且决定主意夜里拿着锄头守在田里，防那泥鳅精来偷回它的唾沫。[①]

作为一个听见"洋"字就会不高兴的农民，老通宝不仅妥协于"洋水车"（抽水机），还接受了"肥田粉"（化肥）。他突破了自然经济中传统小农对生产经验和规律的遵循，在老天爷定下的"规则"中尽其所能地处理好与自然的关系。然而，先进的"洋"生产力能让老通宝迎来丰收，但冯云卿、吴老太爷等半封建地主却能让老通宝遭遇"丰收灾"。当再生产所需的积累最终被"物贱"与"投机热"等蚕食殆尽，农村与农民在破产中越是挣扎，其本身越是能反映出，只要半封建地主在半殖民地的中国社会无法完成身份转化，他们便始终是在农村与城市间"吸血输

---

① 茅盾：《农村三部曲：春蚕·秋收·残冬》，民主与建设出版社2017年版，第61—62页。

血"、影响中国社会发展进程的阻碍。

直到剖析的视角深入中国农村，当围绕中国社会性质的论战聚焦于广大中国农民的生存环境时，帝国主义与中国"半封建"势力结合、进而加深对劳苦大众剥削的图景才能逐渐完整起来。在20世纪30年代初，以王宜昌等人为代表的"中国经济派"①延续了之前"动力派"严灵峰等人的观点，大力宣扬"中国农村已实现资本主义化"，其依据包括农村地租形式的"货币化"、劳动关系的"雇佣性"等。但更为关键的是，"中国经济派"与"动力派"等共同认为，帝国主义势力在很大程度上促成了中国农村的资本主义发展，因为帝国主义的入侵拓展了农村商品经济的发展，并使农业机器大量输入，而"农业生产上底新式技术的引用，最足以标示农业生产底近代化，即封建手工工具的经营，转化为资本制的机械经营。机械构成资本主义生产的灵魂，也是推进资本主义，使它成长、繁荣的最基本因素"②。

然而，倘若忽视帝国主义的殖民体系，并将它的经济侵略所带来的先进生产力奉为上宾，便是忽视了以中国劳苦大众为代表的生产力的主体性，也便是忽略了中国广大农村地区之间存在的，且与帝国主义存在"剥削—被剥削"生产体系的客观性。阿尔都塞否认资本主义的"头号目标"是在为社会生产有用物品的基础上牟取暴

---

① "中国经济派"因《中国经济》杂志得名，该杂志于1933年4月15日由南京中国经济研究会创刊，王宜昌、张志澄等人以该杂志为阵地，主要宣传"中国农村资本主义化"的观点。
② 王宜昌：《从农业来看中国农村经济》，《中国经济》1935年第2期。

利；在他看来，资本主义制度的原动力是"通过生产而持续不断地增大再生产即扩大剥削"，因此"生产"与"剥削"相统一，"再生产"与"扩大剥削"相统一，中国广大的农村地区不过是"被统一"进帝国主义资本主义体系的一部分，而让这种统一得以实现，便少不了内地无数的吴老太爷和冯云卿所代表的"半封建"阶级，以及他们所参与并扮演重要角色的生产关系。

在半殖民地的背景之下，帝国主义虽然带来了资本主义因素，但也让封建剥削变得更为沉重。在一整套帝国主义主导的世界经济秩序当中，农村地主与封建军阀、城市中的官僚买办，乃至国外的资本势力相互勾结，共同将危机与灾祸转嫁到中国广大的农村，其中有农村与城市、城市与海外间的商品和货币交换，更少不了源源不断在"吸血输血"的"半封建"地主阶级。所以在与"中国经济派"的论战中，"中国农村派"认同资本主义性质的存在，也认同农产品商品化在国内的发展。薛暮桥在《中国农村》发刊词中指出：

> 这里商品生产底发展主要是由帝国主义者底经济侵略所促成。……高利贷和商业资本底发展破坏自耕小农，使他们同土地脱离；但是这样集中起来的土地，并未用来进行大规模的资本主义生产，而是分割开来，租给小农耕种。同时帝国主义的支配，对于中国农民以及农业

经营的演化，都有极大的影响。[1]

帝国主义的入侵破坏了传统的封建社会体系，并使中国社会产生了"半封建"与"半资本主义"的杂糅，但两者之间究竟谁在社会生产方式中起到了支配作用，需要根据实际的调查研究得出结论。钱俊瑞（陶直夫）在论战中发表《中国农村社会性质与农业改造问题》一文，清晰地将"半资本主义"与"半封建"之间的矛盾呈现出来。针对"半封建"的内涵，钱俊瑞将其概括为"典型的封建主义"被商业资本和高利贷资本腐蚀后的"封建残余"。这一"封建残余"一方面成为外国资本侵略中国的"前卫"，另一方面又在与各方资本的接触过程中要么自身兼做了"资本家"（军阀兼办实业和银行），要么"接受了资本的后援"（银行资本与地主富农的合作）。这一兼具传统封建内涵而又转变了形式的"半封建"投射到农村后，就是新起的地主、富农与其"旧式"形态的交替。结合具体的调查研究，钱俊瑞仔细考察了新起的农村"半封建"阶级：

> 在新起的地主中间，他们绝对多数都是把耕地出租给一般农民耕种，根据其土地所有权，来收取农民的剩余生产物（甚至一部分必要生产物）；另外有极少数的地主，也雇用长工和短工，进行其规模较大的农业经营。

---

[1] 薛暮桥：《〈中国农村〉发刊词》，薛暮桥、冯和法编：《〈中国农村〉论文选》（上），人民出版社1983年版，第31页。

不过这种地主经营除掉在华北发现少数以外，其他区域可说绝无仅有。这些地主在城镇里就是银行钱庄的存户，甚至就是它们的股东，同时还是商号、当铺的老板；在乡村里面他们又是收税吏，小店铺和高利贷的主人。当然除此以外，他们又是乡村行政上的领袖。

……

而中国乡村中的富农，本来是先进的资本制经营的代表；他们常有较好的生产工具，雇用些长工和短工，从事商品性较高的生产。广东番禺一带栽种水果的农业企业家，可以作为这种情形典型的例子。可是另一方面，中国的富农主要的因为国外农产的竞争和国内市场的狭小与割裂，因此往往不愿自己扩张生产，负担企业上的危险，而把土地出租，赚取较为稳定的田租。在此场合，富农既然不愿扩张生产，那末他的资本就不想全部投向农业生产，而只想多置田产，以备出租；或则兼营商业和放高利贷，收取高度的商业利息。①

"中国农村派"通过调查分析中国农村生产关系中起到支配作用的"半封建"阶级，进而发现他们将剥削后的剩余积累投入商业与高利贷等投机行业，由此更在帝国主义与"半殖民地"所

---

① 钱俊瑞（陶直夫）：《中国农村社会性质与农业改造问题》，薛暮桥、冯和法编：《〈中国农村〉论文选》（上），人民出版社 1983 年版，第 125 页。

构成的经济体系当中降低了剥削的底线,造成了"扩大剩余积累"与"再生产"之间深刻的矛盾和张力。

正如毛泽东在《中国革命和中国共产党》中的总结:

> 中国革命的两大任务,是互相关联的。如果不推翻帝国主义的统治,就不能消灭封建地主阶级的统治,因为帝国主义是封建地主阶级的主要支持者。反之,因为封建地主阶级是帝国主义统治中国的主要社会基础,而农民则是中国革命的主力军,如果不帮助农民推翻封建地主阶级,就不能组成中国革命的强大的队伍而推翻帝国主义的统治。所以,民族革命和民主革命这样两个基本任务,是互相区别,又是互相统一的。[①]

由此,以冯云卿进入"棺材边"公债市场的角度观之,《子夜》反映的是"半封建"与"半资本主义"之间的内在矛盾和这一落后而又特殊的生产关系使中国畸形的都市与凋敝的农村相互对立却又暗中勾连的一个侧面。以老通宝的破产、断气与农村资本大量外流的角度观之,"农村三部曲"映射出帝国主义资本势力与中国农村之间由"半封建"架起层层剥削网的一个侧面。在茅盾的"都市—农村交响曲"中,吴荪甫所代表的民族资产阶级虽被寄予希望,然而最终也逃脱不了被"死的跳舞"所裹挟、被投

---

① 《毛泽东选集》(第2卷),人民出版社1991年版,第637页。

机资本最后的狂欢所湮灭的大势；而以冯云卿和吴老太爷为代表的"半封建"地主阶级，他们既是吴荪甫诞生的"因"，又是老通宝破产的"因"，更是赵伯韬狂欢的"因"。数万万中国农民扎根于广阔的农村土地，但他们的养分注定要被"半封建"地主阶级的"茎"抽送上去。贫瘠的土地上长出了帝国主义、官僚买办的"硕果"以及民族资本的"枯枝"，它们的交互决定了南京国民政府的命运，也预示着"两个中国之命运"的各自前途。

第二章

丁玲与中国农村各阶级的分析：
　　　　重读《太阳照在桑干河上》

第一节 丁玲的"忧患"：
《太阳照在桑干河上》的写作背景

一、丁玲的期盼与暖水屯的处境

思想建党、政治建军，是中国共产党和人民军队自古田会议确立起来的优良传统。

1929 年 12 月 28 日，经毛泽东提议，在福建上杭县古田镇的曙光小学召开了红四军第九次党的代表大会，即著名的古田会议。毛泽东在会议上做政治报告，朱德做军事报告。会议通过了毛泽东起草的八个决议，即《中国共产党红军第四军第九次代表大会决议案》。

会议提出：党的政治思想工作和革命的纪律，是红军的灵魂。

曙光小学原为廖家祠堂，祠堂的门口有一副大气磅礴的对联，上联是"学术仿西欧开弟子新知识"，下联为"文章宗北郭振先生旧家风"。

毛泽东选择这里作为开会的地点是有深刻用意的。他的用意就是要把红军办成一所"大学校"。

在会议上，毛泽东历数了红四军中存在的各种问题，包括缺乏战略思考，陷入单纯的游击主义；没有建设根据地的思想，把自己等同于流寇。所谓流寇主义，就是不愿在艰苦的农村建立根据地，不了解社会和历史，仅凭单纯的军事观点办事，不执行民主集中制的原则，堕入绝对民主。这些错误思想指的就是经验主义，而在当时的红四军中，充斥着这种非马克思主义、非无产阶级的思想。

让红军成为一支有文化、有思想的军队，成为一支用马克思主义思想武装起来的军队，毛泽东要办成孙中山和蒋介石从来没有办成过的事。

先进的文化、思想是革命斗争的利器，它时刻面对着反革命阵营固守和延续的僵化世界观的冲击，在四围白色政权的意识形态包围中，带领人民在辗转曲折的革命道路上砥砺前行。

为什么说《太阳照在桑干河上》的写作表露了丁玲的"忧患"？

倘若"忧患"是对未来不确定性的预期，进而传递到对当下处境的反思，那么"太阳"究竟是刚刚照耀在"桑干河"上，还是将永远照耀在"桑干河"的上空？在小说的"重印前言"中，丁玲十分真诚地交代了《太阳照在桑干河上》的写作背景：

> 一九四五年日本投降后不久，我从延安到了张家口。本来是要去东北的。因国民党发动内战，一时交通

中断，只得停下来。我在新解放的张家口，进入阔别多年的城市生活，还将去东北的更大的城市；在我的情感上，忽然对我曾经有些熟悉，却又并不深深熟悉的老解放区的农村眷恋起来。我很想再返回去同相处过八九年的农村人民再生活在一起，同一些"土包子"的干部再共同工作。正在这时，一九四六年夏天，党的关于土改的指示传达下来了。我是多么欢喜啊！我立刻请求参加晋察冀中央局组织的土改工作队，去怀来、涿鹿一带进行土改……一个多月，工作全部结束时，张家口也吃紧了。中秋节刚过，我们回到涿鹿县政府，遇见到这一带观察部队转移路线的朱良才同志。他一见到我便说："怎么你们还在这里！快回张家口去！"这时我想到温泉屯的刚刚获得土地的男女老少，很快就要遭到国民党反动军队的蹂躏，就要遭到翻把地主的报复迫害，我怎样也挪不开脚，离不开这块土地，我曾想留下，同这里的人民一道上山打游击；但这也必须回到华北局再说。[①]

在这篇 1979 年的"重印前言"中，丁玲对失败之可能性的记忆依旧无比清晰：一个月的土改工作刚刚结束，虽然暖水屯斗倒了地主钱文贵、管控了果园，还分了土地，但却"很快就要遭到国民党反动军队的蹂躏，就要遭到翻把地主的报复迫害"。暖

---

① 丁玲：《太阳照在桑干河上》，人民文学出版社 2019 年版，第 2—3 页。

水屯刚翻身的农民，被打倒的地主、村干部、工作组队员等，他们每一个成员都包含在丁玲笔下构筑的"群体"当中，而在"群体"中的每一个成员，不论是"密谋"者，还是"被清算"者，从不成熟走向成熟等，是他们各自而又共同的变化。土改使这个"群体"挣脱了钱文贵暗中操盘的"秩序"，重新组合成一个具有"合理性"的新群体，群体中的每个成员又获得了新身份。但正因为"合理性"是由每一个新个体重新组合产生的结果，那么土改工作组的离开，便会使这个"新群体"不再完整，而敌人的反攻倒算，又必然会给"合理性"带来变数。

换言之，在新的形势之下，"合理性"必然要面临的瓦解反而更能够引起对"群体"内部曾存在的、更为深刻的矛盾的忧患：翻身农民的身份和地位自然发生了改变，但在他们的脑海中，迎接他们的新世界是什么样子的？在中国特殊的历史时期与革命阶段，要求中国广大农民群体获得无产阶级的阶级意识固然困难，但他们是否对推翻地主阶级的统治有着更多理解？他们是否具有反帝反封建的意识？进一步说，就是如《中国革命和中国共产党》中的论述，将"反帝"与"反封建"两个任务统一起来的意识，由此而产生的超出暖水屯内部范围的新"世界观"。

正如在《太阳照在桑干河上》结尾处的"小结"，工作组队员杨亮与村干部分别时嘱托道：

> 依靠群众，才有力量，群众没觉悟时，想法启发他，群众起来时，不要害怕，要牢牢站在里面领导。对敌人

要坚决，对自己要团结，你们都很明白，就是要一个劲
干下去啊！①

而杨亮的嘱托后承接的是丁玲最为真诚的期盼：

> 什么地方都是一样的啊！什么地方都是在这一月来
> 中换了一个天地！世界由老百姓来管，那还有什么不能
> 克服的困难呢。②

"世界由老百姓来管""人民当家做主"是丁玲期待群众获得
的"觉悟"。从丁玲的"忧患"视角观察，县宣传部部长章品或
许不能代表一个完全成熟的革命人物，但他更能解决实际问题，
更能化解村干部们之间混乱的状态，更能领导村民们"着起来"，
所以派他下乡是因为形势急迫：

> 县委书记曾经再三叮咛过他："看怀来做得多快，他
> 们已经完成三分之二，已经在准备开农民大会了，我们
> 一定要克服过去的缩手缩脚的作风，大刀阔斧放手发动
> 群众，上面也有指示，要尽早完成，平绥路不会是永久
> 太平的……"③

---

① 丁玲：《太阳照在桑干河上》，人民文学出版社2019年版，第251—252页。
② 丁玲：《太阳照在桑干河上》，人民文学出版社2019年版，第252页。
③ 丁玲：《太阳照在桑干河上》，人民文学出版社2019年版，第177页。

　　战争的局势决定了章品的出现，以期待他推动暖水屯土改的进度。章品比工作组更为成熟的地方在于，他更了解中国农民对土地的关心程度，也更了解村民们在意的是暖水屯内部的世界。从这个意义上说，中国革命应当从农民的视角、农民的需求出发，也只有这样才能取得成功。而如果脱离了这种现实需求，则难以发动群众、组织农民。

　　反观钱文贵，他的"世界观"正是他本人的运作能力和掌控、支配暖水屯的基础，乃至进一步为他"重生"创造了可能。从经济意义上来说，钱文贵未必是地主阶级的典型代表，但他却是一种中国式现代进程中的具有"地主阶级世界观"的典型代表。革命也许会改变所有者的形式，但要改变这种"地主阶级的世界观"却是非常困难的，因为桑干河上的翻身农民，乃至有觉悟的干部，他们也很少知道或关心脚下的土地之外的世界以及现代中国究竟处于怎样的世界体系。这些现实的不成熟，摆在未知的新局势面前，使丁玲隐约感到了"忧患"。

二、"僭越地主"的形成与其世界观

　　在《太阳照在桑干河上》的故事中，随着人物的逐一登场，钱文贵很容易被识别为一个反面角色：心思诡秘、能活动且动机不纯，又曾跟日本人有瓜葛。但丁玲并没有选择在小说的开始阶段给钱文贵定性，也没有将他对村民做过的坏事淋漓尽致地写出来，甚至在故事情节的推进中，一些村内成员在得知邻村土改结果时还感叹：

> "只是，孟家沟有恶霸，咱们这里就只有地主了；连
> 个大地主也没有。"
>
> ……
>
> 暖水屯就没有一个这样的恶霸，也没有像白槐庄的
> 李功德那末大的地主，有一百多顷地，建立过大伙房。
> 假如暖水屯有那么大的地主，那末多的地，每户都可以
> 成为中农了，还怕大家不肯起来？[①]

毫无疑问，暖水屯的情况是复杂的，倘若设身处地地以一个
"土改工作组"队员的身份步入村内，不经过一段时间的生活和调
查，便难以发现钱文贵的真实面目，更何况他还有一个刚变成八
路军的儿子和一个做村治安员的女婿。丁玲的写法使钱文贵变成
了需要被挖掘的人物，与此同时，从小说的开头来看，丁玲对人
物的描述给现实层面留下了些许疑惑：

> 钱文贵家里本来也是庄户人家。但近年来村子上的
> 人都似乎不大明白钱文贵的出身了；虽说种二亩菜园地
> 的钱文富同大家都很熟识，大家都记得他就是那个钱广
> 庚老汉的儿子，说起来也知道他和钱文贵是亲兄弟，可
> 是钱文贵总好像是个天外飞来的富户，他不像庄稼人。

---

① 丁玲：《太阳照在桑干河上》，人民文学出版社 2019 年版，第 39、81 页。

他虽然只在私塾读过两年书，就像一个斯文人。说话办事都有心眼，他从小就爱跑码头，去过张家口，不知道是哪一年还上过北京，穿了一件皮大氅回来，戴一顶皮帽子。人没三十就蓄了一撮撮胡髭。同保长们都有来往，称兄道弟。后来连县里的人他也认识。等到日本人来了，他又跟上层有关系。[1]

在预知钱文贵是暖水屯地主的前提下，丁玲的这段人物描述不由得使人反思：地主钱文贵曾经有很多身份，例如贫农钱文富的弟弟、庄稼汉钱广庚的儿子、读过两年书的"斯文人"、曾漂泊出村做码头货运的生意人、精明老练者、为盘活关系没有底线的"机会主义者"。正是钱文贵身份的跳跃，使他成为暖水屯的"主宰者"，但他晋升发展的一系列路径却与传统乡村士绅阶层的成长道路几乎没有重合。可以认为，在钱文贵独特的"晋升之路"背后，离不开他这类人所"独占"的"世界观"，同时也离不开中国现代进程里农村社会背景的复杂性，而这两者的结合，促成了农村内部的一股延续"封建残余"的力量。

杜赞奇曾以"国家政权的内卷化"与"权力的文化网络"为分析视角，通过剖析中国1900—1942年国家政权与乡土文化之间的关系，提出了"权力的文化网络"这一概念。[2] 按照杜赞奇的

① 丁玲：《太阳照在桑干河上》，人民文学出版社2019年版，第6页。
② 杜赞奇：《文化、权力与国家：1900—1942年的华北农村》，江苏人民出版社2010年版。

解释，"权力的文化网络"一方面生成于乡村宗族势力、信仰文化及各种非正式的人际关系网络；另一方面，这种"权力的文化网络"会影响基层的乡村组织，从而构建出一定的自我保护机制。这种由乡村"文化网络"而形成的运作与维护主体，被杜赞奇称为"保护型经纪"机制。在杜赞奇区分的基层范畴当中，一种是作为传统中国政府正式代理人的"营利型经纪"机制，这一群体在完成赋税征收等国家任务的同时，利用国家交办的事务获取利益；另一种是作为村庄社会代理人的"保护型经纪"，他们接受国家正统价值规范的教化，并作为国家非正式的代理人而存在，与此同时，利用其在乡村社会中的权威充当村庄利益的保护者。

倘若以传统中国社会内部的视角对"保护型经纪"进行解释，叶适曾在关于是否恢复井田制的论述中替地主制经济背书，他认为"县官不幸而失养民之权，转归于富人，其积非一世也"，而"富人"的存在满足了官民之需：

> "井田既然矣。今俗吏欲抑兼并，破富人以扶贫弱者，意则善矣"，但不应实行，因为："小民之无田者，假田于富人；得田而无以为耕，借资于富人；岁时有急，求于富人；其甚者，庸作奴婢，归于富人；游手末作，俳优伎艺，传食于富人；而又上当官输，杂出无数，吏常有非时之责无以应上命，常取具于富人。然则富人者，州县之本，上下之所赖也。富人为天子养小民，又供上

用，虽厚取赢以自封殖，计其勤劳亦略相当矣。"[①]

客观来说，在传统中国的语境当中，"富人者，州县之本""富人为天子养小民"等理解既反映出皇帝与地主阶层对国家的共同治理，同时又体现出一种将地主制经济寓于郡县制国家的方式。

然而，尽管这种"保护型经纪"机制由乡村社会精英所创建，但当村庄内部的阶层秩序因外部经济条件的恶化而波动时，其导致的普遍贫困与村庄精英大量流失会直接导致"保护型经纪"数量的减少及影响力的下降，最终迫使"保护型经纪"从国家与乡村社会的连接纽带中退出。

20世纪以来，这种具有自我保护性质的"文化网络"在经历了晚清、民国、国民政府各时期的政权扩张和下沉后，乡村的平衡不断被各个政权的建设冲破。尤其在20世纪30年代后，乡村领袖们逐渐成为政权借地方自治攫取资源的工具。随着政权财政积弊日益深重，"保护型经纪"无法继续承担不断扩大的税收和摊派，当"保护型经纪"群体感到与村民之间的矛盾越发紧张时，便纷纷规避公职，并从村庄领袖位置退出。当政权建设丧失了服从基层社会规则的乡村精英们的支持时，便为"营利型经纪"的崛起以及基层政府与"营利型经纪"的合谋提供了空间和条件。于是土豪劣绅僭越村职，破坏了乡村社会固有的权力结构以及乡村社会内生的文化规则，最终导致政权自身的合法性基础丧失，

---

① 叶适：《叶适集》（第3册），中华书局1983年版，第657页。

这一现象又被杜赞奇称为"国家政权的内卷化"。

各个政权为了自身的建设，在老一套办法的基础上扩张编制、增加"营利型经纪"使土豪劣绅获得了僭越的机会，最终造成了没有效益而徒有扩张的结果。这一结果在某种程度上与"半封建"大地主的出村形成互补，正如《子夜》第一章对20世纪30年代中国社会性质的交代：吴老太爷与冯云卿成了"半封建半资本主义"地主阶层的写照，他们的人与财既不回到农村生产，也不回到农村土地，这便为农村内部权力体制的变动留下了空间。

概括而言，在近代中国半殖民地半封建的社会性质之下，中国农村在原有运行模式的基础上应对着客观现实的变迁，其结果既区别于马克思、列宁的理论研究对象，又不复传统中国以往的地主制经济。中国农村内部所发生的变化，直接体现在传统地主出村的数量增多：据20世纪30年代农村复兴委员会及日本人于8省之内37个县选点村的调查，在村民耕种的全部土地范围中，租种部分大约有42%，其中30%的土地属于出村地主。换言之，在全部租种土地中，有70%的土地归不在村的地主所有。[①]

与此同时，这些不在村的地主多数是大地主，又大多是住在城镇的商人和其他职业的从事者，他们本身已另有主业，且已不再是旧地主当中的成员。此外，据1930年江苏省民政厅的调查，拥有千亩以上土地的大地主总计514人，其中374人另有主业，

---

① 许涤新、吴承明主编：《中国资本主义发展史》（第3卷），人民出版社2003年版，第305页。

属于新地主，其中任军政公职者 166 人、当铺钱庄老板及放债者 129 人、店主商人 67 人、实业家 12 人。在谭仪父于 1935 年在四川调查的地主户中，新地主所占比重也较高，其中川西三县为 71%，川东两县为 70%，川北两县为 73%，川南三县为 43%。

　　总体来看，残存的旧地主占不到总数的三分之一，并且主要都是中小地主。在整体调查范围当中，10 个县中有 7 个县已没有拥有千亩以上土地的旧地主，有 3 个县连有百亩以上土地的旧地主也消失了。[①] 更为突出的是，广东新会县 1929 年的调查结果显示，旧地主在新会县已经基本消失，而在 191 户地主当中，在国外经商的有 115 户，他们占有全部地主土地的 54%，其次是在国内经商的，有 23 户。[②]

　　一边是旧式大地主的广泛出村，而另一边则是以钱文贵为代表的新晋农村权贵阶层的形成，但他们渗透到传统的乡村运行逻辑中，又让人不明所以，正如丁玲在小说中对人物的交代：

　　　　不知怎么搞的，后来连暖水屯的人谁该做甲长，谁该出钱，出夫，都得听他的话。他不做官，也不做乡长，甲长，也不做买卖，可是人都得恭维他，给他送东西，送钱。大家都说他是一个摇鹅毛扇的，是一个唱傀儡戏的提线线的人。他就有这末一份势力。他们家过

---

① 吕平登编著：《四川农村经济》，商务印书馆 1936 年版，第 186—190 页。
② 章有义编：《中国近代农业史资料第二辑（1912—1927）》，生活·读书·新知三联书店 1957 年版，第 325 页。

的生活就简直跟城里人一样，断不了的酒呀，香片茶呀，常吃的是白面大米，一年就见不到高粱玉茭窝窝，一家人都穿得很时新。如今日本鬼子跑了，八路军来了，成了共产党的世界，四处都清算复仇……可是钱文贵呢，他坐在家里啥事也不干，抽抽烟，摇摇扇子，儿子变成了八路军，又找了个村治安员做女婿，村干部中也有人向着他，说不准还是他的朋友，谁敢碰他一根毛？[①]

钱文贵所独有的"这末一份势力"，即源于他对变动的权力体制的"适应性"，而这又反映出像他这一类人的"封建性"：他同国民党势力与日本军队都建立了紧密的关系，而现在他又意识到：共产党领导的抗战运动在全村赢得了追随者，而土地改革运动也吸引了越来越多农民的支持。所以他不惜将自己的两个儿子和一个女儿都变成自己"运作"的手段，一边送二儿子参加八路军，一边把女儿嫁给了村治安员张正典，同时又把土地分给大儿子一部分，以免自己被划成地主。在钱文贵身上，仿佛每一根汗毛都能变成帮他运作、勾结与攀附的"触手"，而他诡秘的心机又在把控着每一只"触手"的方向。

客观而言，钱文贵的存在是近代中国农村社会持续衰败的结果：在一个越发凋敝又越发被动的向外部世界敞开的场域里，大

---

① 丁玲：《太阳照在桑干河上》，人民文学出版社 2019 年版，第 6 页。

地主出村进城后留下的权力真空必然要被填补。而在地方战乱、政权更迭频繁的"锤炼"下，一群人独特的"生命力"促使他们向外张望：他们是权力的投机者，所以自然也在搜寻那些能给他们带来庇护的更强者，他们选择去主动依附，进而再剥削那些更弱者，从而实现自己在农村狭窄利益空间中的"封建地位"。在与小学教员任国忠的"密谋"中，钱文贵道出了内心的盘算：

> "是的，'耕者有其田'，很好，很好，这多好听，你叫那些穷骨头听了还有个不上套的！嗯，很好，很好……"停了一会，他又接下去说道，"不过，唔，天下事也不会有那末容易，你说呢，老蒋究竟有美国人帮助。"……"老蒋要放过了共产党，算咱输了；你等着瞧，看这暖水屯将来是谁的？你以为就让这批泥浆腿坐江山？"[1]

"老蒋有美国人撑腰"是钱文贵的底气，所以他认为"共产党不一定能站长"。端坐在暖水屯的一隅之地，钱文贵看到了美国人，想到了美国人之下的国民党政权，又想到了国民党政权之下的自己，仿佛美国人替老蒋撑腰，就好像在间接为自己撑腰。"封建残余势力"的一颗"死棋"被封堵在暖水屯之内，所以他们要将自己摆在世界格局的"棋盘"里，他们想让自己被盘活，让帝

---

[1]　丁玲：《太阳照在桑干河上》，人民文学出版社 2019 年版，第 15—17 页。

国主义来当"棋手"。但在另一边，暖水屯刚翻身的村民们还面临着更长远的"新任务"，他们不仅要收秋、出夫，也不仅要去保卫胜利果实；"世界由老百姓来管"，他们更要长久地肩负起反帝反封建的任务。

第二节　阶级、富农：顾涌与土改路线

一、再论写作背景：顾涌人物形象的缘由

在《太阳照在桑干河上》的人物形象当中，倘若钱文贵对权力关系的依附和运作，是丁玲对这类人物"世界观"的警惕，是丁玲为暖水屯村民永远翻过身来所设置的最大阻碍，那么，顾涌这一形象的塑造又为土改勾勒出一条醒目的边界，就如同他在小说里首要的登场顺序。顾涌所拥有的土地和财产使这一人物比钱文贵更显复杂，但他的发家史却又更为简单：

> 从十四岁就跟着哥哥来到了暖水屯，顾涌那时是个拦羊的孩子，哥哥替人揽长工。兄弟俩受了四十八年的苦，把血汗洒在荒瘠的土地上，把希望放在那上面，一年一年的过去。他们经过了一个朝代又一个朝代，被残酷的历史剥蚀着，但他们由于不气馁的勤苦，慢慢地有了些土地，而且在土地上抬起头来了。因为家属的繁殖，

不得不贪婪的去占有土地，又由于劳动力多，全家十六口人，无分男女老幼，都要到地里去，大家征服土地，于是土地的面积，一天天推广，一直到不能不临时雇上一些短工。于是穷下来的人把红契送到他家里去，地主家的败家子在一场赌博之后也要把红契送给他。他先用一张纸包契约，后来换了块布，再后来就做了一个小木匣子。他又买了地主李子俊的房子，有两个大院。[①]

全家十六口人都参加劳动，土地面积一天一天地扩大，直到拥有了比钱文贵更多的土地，这使得顾涌最后成了"被划成富农的富裕中农"。但在故事的情节里，顾涌内心的挣扎之处在于：虽然认定自己的土地是由劳动换取的，但他又担心自己被划成地主，所以常以沉默或生闷气的方式回避现实中让他敏感的"清算"话题。相比于善于运作的钱文贵，顾涌沉默纠结的状态，一方面让他那成为暖水屯青联会副主任的儿子顾顺"紧张激动"，乃至想以"献地"的方式解决问题；同时，顾涌沉闷消极的状态，又意味着他以被动的心态将自己的命运交给了工作组与村干部。这进一步加深了"顾涌问题"的现实重要性，以及它在土改进程中的深刻性。丁玲后来谈到对顾涌人物形象的构想时说：

　　当时任弼时同志的关于农村划成分的报告还没有出

---

① 丁玲：《太阳照在桑干河上》，人民文学出版社 2019 年版，第 4 页。

来。我们开始搞土改时根本没有富裕中农这一说。就是雇农、贫农、富农、地主。我们的确是把顾涌这一类人划成富农，甚至划成地主的。拿地的时候也竟是拿他的好地，有些做法也很"左"，表面上说是献地，实际上就是拿地，常常把好的都拿走了。明明知道留下的坏地不足以维持那一大家子人的吃用，但还是拿了，并且认为这就是阶级立场稳。……所以当我提起笔来写的时候，很自然地就先从顾涌写起了，而且写他的历史比谁都清楚。我没敢给他定成分，只写他十四岁就给人家放羊，全家劳动，写出他对土地的渴望。写出来让读者去评论：我们对这种人应当怎么办？①

丁玲的认识与她的个人经验不可分割，从丁玲的自身经历出发，她对党内的"左"倾路线有其自身独特的感受。在丁玲一行人前往石家庄的前一年，中共六届七中全会通过了《关于若干历史问题的决议》，《决议》不仅为"王明路线"定了性，同时也为牺牲的于龙华烈士进一步做出了政治上的结论：

至于林育南、李求实、何孟雄等二十几个党的重要干部，他们为党和人民做过很多有益的工作，同群众有很好的联系，并且接着不久就被敌人逮捕，在敌人面前

---

① 丁玲：《生活、思想与人物》，《人民文学》1955年第3期。

坚强不屈，慷慨就义……所有这些同志的无产阶级英雄
气概，乃是永远值得我们纪念的。[①]

与林育南等人同时牺牲的也包括丁玲的丈夫胡也频。

胡也频参加左联并入党以后的一段时间，也是以王明为代表
的"左"倾教条主义路线展开对党内统治的时期。被王明操纵的
江苏省委，贯彻了中共四中全会的一个重要部署，那就是进一步
排斥异己，对林育南、李求实、何孟雄等人进行孤立和打击。后
来丁玲曾回忆道，"当时，两方面都到'左联'来活动，来拉人，
争取群众，争取支持"[②]，而胡也频常去"苏准会"机关，听到一些
实际工作的人的议论，所以也产生了对中共六届四中全会不满的
意见。巧合的是，对胡也频的抓捕，也正是发生在他与林育南等
人在"东方旅社 31 号房间"谈话的时刻。

尽管关于胡也频等人被捕的原因众说纷纭，即便当时丁玲还
不是共产党员，但丁玲或许早已感受到了彼时党内"左"倾的氛
围对她造成的间接伤害，仅以一点：以王明为首的江苏省委在当
时没有展开营救行动，反而通知狱中的党支部，将这批被抓捕入
狱的人说成是反对中央的，所以不给他们接洽关系。[③]

在后面的经历中，丁玲也曾在延安马列学院学习期间受到康
生的指控。在完成《太阳照在桑干河上》的初稿后，这本书又因

---

① 《毛泽东选集》（第 3 卷），人民出版社 1991 年版，第 964 页。
② 蒋祖林：《丁玲传》，人民文学出版社 2016 年版，第 129 页。
③ 蒋祖林：《丁玲传》，人民文学出版社 2016 年版，第 133 页。

周扬认为书中有"地富思想、有原则问题"而出版无望。这些经历综合起来，或许更能使丁玲体会到"左"倾可能带来的危害，也使她能够更敏锐地感觉到现实当中"左"的苗头。

另一方面，"阶级划分"具体应用到中国农村内部是在中共六大之后，同时也伴随着共产国际对革命局势的错误判断和干预。但在传统中国的语境当中，其本身存在着一种"阶层／户等"的划分方式，同时也正是因为这种传统方式在中国社会的现代进程中逐步失效，乃至加深了剥削和汲取、割裂了社会，从而才需要一种新的分析、认识中国农村内部结构的方式，进而将农村内部重新统一、整合起来。正如毛泽东在《论政策》中强调的："……既不是一切联合否认斗争，又不是一切斗争否认联合，而是综合联合和斗争两方面的政策。"其反映的是"反帝反封建"与"统一战线"之间的辩证统一，同时也更加表明，土地改革具体落实为农村内部"反封建"的实践过程中"顾涌问题"的深刻性。

二、"阶层／户等"划分与富农政策的演变

郭沫若等多位学者曾指出，以公元前594年鲁宣公实行"初税亩"为起点，其变革的实质意味着"井田制"所象征的"公田"开始逐步瓦解，伴随着铁器的使用，"私门富于公家，形成以下克上的局面，实际上也就是一种阶级斗争"①。春秋战国时期的变革

---

① 郭沫若：《奴隶制时代》，中国人民大学出版社2005年版，第10页。

触动了原本的土地所有制，从而更进一步导致地主的"地租"与国家的"税赋"产生分离，它一方面标志着土地私有制与土地自由买卖的兴起，同时也意味着占有大地产的地主阶级与佃农、雇农等之间分化的产生。可以认为，这便是传统中国地主制经济的发源。

传统中国地主制经济的主要特点便是租佃制的经营方式，随着每个朝代土地兼并的愈演愈烈，社会阶层也必然出现剧烈分化，"富者田连阡陌，贫者无立锥之地"的现象便逐渐多了起来，而"贫者"最终自然要投靠"富者"。不论是"分成制"抑或是"定额租制"，佃户终究要在"租佃关系"之下接受地主的支配，而地主阶层主导的中国地主制经济虽然以自然经济为基础，但它又对商品经济有着较强的适应性。正如吴承明等曾提出的观点，地主制经济能够较大限度地容纳商品经济，能够利用商品货币关系，在生产关系上做出某些调节，因而能延长自己的生命。

不同于中国封建传统中的经济体制，西欧封建时期的庄园农奴制经济几乎不需要与庄园外部进行商品交换，所以它对商品经济的依赖性并不大，并且它从一开始就与城市商品经济同时并存、平行发展，只是后来由于力量对比悬殊，于是自觉地让位给商品经济的发展。

在传统中国特殊的封建地主制经济中，佃户对地主的依附关系也不同于欧洲的"庄园农奴"或"领主制经济"。[1]马克思将西欧封建的生产关系概括为：

> 直接生产者以每周的一部分，用实际上或法律上属于他所有的劳动工具（犁、牲口等等）来耕种实际上属于他所有的土地，并以每周的其他几天，无代价地在地主的土地上为地主劳动……财产关系必然同时表现为直接的统治和从属的关系，因而直接生产者是作为不自由的人出现的。[2]

西欧的封建农奴对领主有很强的人身依附，它的根本原因在于农奴生产资料的来源是由领主所赐。但中国封建社会与之不同，在地主制经济之外还存在一套官僚统治系统，所以地主对于农民、佃农来说并无全面的统治权，它们整体都隶属"朝廷"。具体来说，封建王朝力图将地主制经济包纳于官僚体系中，使地主的"租佃"经济与中央的"赋税"政策相协调，以便汲取基层的物力、财力、人力调拨分配。而"始于北朝，备于唐，盛于宋"的"户等制"成了一种重要的解决思路。

根据王曾瑜对史料的研究分析，北魏中期之前就已经出现了

---

[1] 西欧农奴隶属于一定的封建领主，而不隶属于封建国家，所以农奴一般没有远离家乡脱离农业生产力为国服役之苦。而中国封建制度之下的佃农既要为国家服劳役，又要服兵役，所以会导致大量农民背井离乡，并带来对农业的影响。

[2] 《马克思恩格斯全集》(第46卷)，人民出版社2003年版，第892—893页。

"九品混通"以征收户调的办法，而在北魏中期之后，北魏庄帝将输租办法进一步具体化："庄帝即位，因人贫富，为租输三等九品之制，千里内纳粟，千里外纳米，上三品户入京师，中三品入他州要仓，下三品入本州"（《魏书·食货志》），直至北齐，九等户名的出现标志着"户等制"的正式创立："及文宣受禅，多所创革……始立九等之户，富者税其钱，贫者役其力。"从北齐到唐朝，其间虽有隋末唐初的经济凋敝、民户减少，但随着"贞观之治"使经济复苏，九等户制度逐步从腹地推广至边疆，同时又推行于"蕃胡内附者"。根据民户的贫富情况，唐朝又以"上上户至中上户四等为'上户'，中中户至下上户三等为'次户'，下中户和下下户二等为'下户'"①进行户等划分，从而区别所有人口的赋税役务等情况。

可以看出，"户等"的划分依据是民户的物力或财力（包括土地占有情况），由此将各阶层的民户涵盖其中而产生相对应的权利义务。例如，唐前期颁布的"均田"政策规定，"授田先课役，后不课役，先无后少，先贫后富"；"租、调"方面又有"凡岭南诸州税米者，上户一石二斗，次户八斗，下户六斗"等惠贫政策；至于"府兵"更是延续了自北周以来的军事贵族制度，而极少采用"下等"民户。但随着安史之乱之后唐朝的逐渐式微，"均田""府兵"的瓦解、土地兼并的盛行、地主与地方官吏作弊破坏

---

① 王曾瑜、张泽咸：《从北朝的九等户到宋朝的五等户》，《中国史研究》1980年第2期。

等一系列原因，致使"户等三年一校"的办法难以履行，皇帝和地主阶层的合作便难以为继，而这种情况到了土地政策为"不抑兼并""自由垦辟"的宋朝更为突出。

宋代"田制不立"的土地政策直接导致土地成为可以买卖的商品，所以豪族的兼并、土地成规模的流转成为可能。宋朝统治者认为这种做法是为国守财，但前提是具备高度完善的"户等制"，所以一边要厘清地主、富人，同时要配套更多的职责义务。漆侠在《宋代经济史》中总结道：

> 在宋代农民诸阶层中，依据土地的有无可以区分为有地农民和无地农民两个类别。宋代户等的划分有两个分界线，一个分界线是主客户之分，或者说税户与非税户之分，如前面说过的，凡是有常产、承担国家赋税即使税钱仅有一文，也都列入主户之中，而无常产、不承担国家赋税的则列为客户。常产主要的是土地，因而主客户之分，从根本上来说，是有地无地之分。这样，有土地的一类农民则划归到主户当中，与无地农民的客户之间形成了这一界线。而在主户当中，又根据土地多少、财力大小划分为五等，如前章所指，第一第二等户以及第三等户中的一部分，组成为地主阶级；第三等户的一部分（中等户的下等）和第四第五等户为有地的农民，后者在乡村户等中称之为下户，个体农民土地所有制即

指这些农民对土地占有而言的。①

以"税钱"和"家业钱"为划分标准，宋朝"五等户"制表现为国家依靠地主作为统治的基础，这在"差役"方面表现尤为突出。在王安石实行免役法前，乡里基层政权头目和州县衙门公吏一般都由上三等户轮流充当；在实行免役法和保甲法后，基层政权头目如保正、保长等，一般仍由上等户，即地主充当。②从另一方面来说，对于地主阶层的认定，不论是秦朝的"上家""下户"，还是汉代的"高赀"（大姓、大家、富赀、豪右）、"中人之家"（中民）、"小家"和"贫民"，抑或是南北朝至唐代逐渐成型的"九等户"及宋代发展到极盛形态的"五等户"，其划分依据皆以"财力""物力""土地""税钱""家业钱"等为标准，同时又依赖于定期校准的方式来应对户等的变化。

换言之，传统中国语境里的阶层认定方式更倾向于在动态的财富变化中截取静态的财富积累，而不同于马克思主义阶级理论中所包含的，以生产关系为核心所延伸出的阶级关系，即在生产过程中，基于对生产资料的占有关系而形成的雇佣与被雇佣、统治与被统治、剥削与被剥削的不平等关系。

直到历史演进至20世纪，革命浪潮席卷全球，大革命失败成为革命者必须面对和反思的事实。在紧要关口处，革命的前途一

---

① 漆侠：《宋代经济史》（上册），南开大学出版社2019年版，第329页。
② 王曾瑜、张泽咸：《从北朝的九等户到宋朝的五等户》，《中国史研究》1980年第2期。

边激起人们对社会矛盾的重新审视，同时也孕育着分析社会结构、整合革命力量的新方式。正因如此，在以财富等为标准划分阶层、进而谋求"共同治理"的传统中国范式趋于瓦解的背景下，生产资料的所有情况与财产的获取方式成为农村划分阶级的新依据，但这一切最终又将回归到中国社会半殖民地半封建的现实，并结合革命的客观条件而合理发展。

在半殖民地半封建的背景之下，大地主的大量出村不仅形成了一批颇具规模的"半封建半资本主义"阶级，同时又对中国农村的内部结构产生了深远的影响，因为留在乡村中的中小地主及富农群体往往形成一个相互区别而又混同的整体：从阶级方面来说，他们属于程度不同的剥削阶级，但相互之间又存在着性质的差别。就中国农村富农经济的形态而言，大致可分为"自耕富农"与"佃富农"两种类型。前者是自有土地，自己耕种并雇工耕种，有时出租少量土地；后者则是租入土地并雇工耕种，同时自己也会参加生产劳动或管理劳动。[1]富农经济的这两种类型，本质区别于租佃制的封建生产方式，属于商品性较强的农业生产，即富农往往更注重农产品的生产与再生产本身，它的生产方式属于区别于封建主义的资本主义范畴，尤其对于"佃富农"来说更为贴切，所以需要在"反封建"的过程中被特殊甄别。但在阶级理论最初受共产国际干预的情况下应用于中国农村之际，其结果往往在土

---

[1] 许涤新、吴承明主编：《中国资本主义发展史》（第3卷），人民出版社2003年版，第328页。

地革命中表现出"左"倾的痕迹。

富农政策的演变

在土地革命时期，最早对富农政策产生影响的是共产国际，因为列宁曾根据俄国的实际情况对富农的剥削性质作出判断："所谓富农，就是靠别人的劳动过活、掠夺别人的劳动、损人利己的农民。"[①]可以看出，列宁对富农的剥削性质已经作出明确认定，即富农需要依靠雇佣劳动来实现自己的积累，但根据现实的革命条件，列宁提出农村阶级划分的过程是值得注意的。

1920年6月，列宁在共产国际二大上提出了对于农村资本主义阶级分化的基本看法，并起草了《土地问题提纲初稿》《民族和殖民地问题提纲初稿》等一系列指导性文件。但与此次大会文件中所示路线密切相关的理论基调，反映在他于会前所作的《共产主义运动中的"左派"幼稚病》一文中。此文指出了各国革命左派的缺点和错误倾向，同时又在一定程度上影响了共产国际的任务和政治路线的制定。

在第一次世界大战期间，由于第二国际的大多数政党从修正主义转向社会沙文主义，并公开撕毁《国际局势和反对战争的统一行动宣言》，致使一部分左派共产党人从第二国际中分化出来。他们出于对第二国际背叛革命路线的憎恨，提出了"退出保守工会""反对任何妥协""拒绝参加任何议会斗争"等极端观点，进而

---

① 《列宁全集》（第29卷），人民出版社1956年版，第234页。

尚未完成的历史

产生了鼓吹工团主义、无政府主义，并将自身变成脱离群众的宗派、冒险主义小团体的倾向。在这种"左"倾思潮展露苗头之际，列宁将布尔什维克的斗争经验和盘托出，一方面强调坚持斗争形式的统一性与多样性相结合，另一方面注意将马克思主义一般原理运用到每个国家的民族特点上去，由此才能在具体情况中发现敌人之间的"裂痕"以获取大量同盟者。正如列宁在文章中的总结：

> 共产党人要竭尽全力来引导工人运动以及整个社会发展沿着最直最快的道路前进，以争取苏维埃政权和无产阶级专政在全世界的胜利。这是无可争辩的真理。然而，只要再多走一小步，仿佛是向同一方向迈的一小步，真理便会变成错误。只要象德国和英国的左派共产主义者那样，说什么我们只承认一条道路，一条笔直的道路，我们不容许机动、通融和妥协，这就会造成错误，使共产主义运动受到最严重的危害，而且共产主义运动部分地已经受到或正在受到这种危害。①

经过反思和调整，面对各国无产阶级即将迎来的新的发展阶段这一情况，列宁向与会代表指出了"城市无产阶级应当引导或争取农村被剥削劳动群众参加斗争"的策略。因为在一切资本主义国家，农民经济已经因资本主义经济条件的影响而形成了阶级

---

① 《列宁全集》（第 31 卷），人民出版社 1958 年版，第 85 页。

划分，农民内部的阶级划分又为无产阶级带来了可能的"联合"
与"反对"，所以对于富农所应采取的政策，便因这一群体的复
杂性而影响着斗争策略。在这一方面，列宁认为：

> 大农是农业中的资本主义企业主，他们通常都雇有几
> 个雇佣工人，他们所以同"农民"有关，只是因为文化水
> 平不高，生活习惯相同，亲自参加自己农场的工作。这是
> 直接地坚决地反对革命无产阶级的那些资产阶级阶层中人
> 数最多的一个阶层。①

以劳动力和土地的买卖占有为标准，结合俄国、欧美的客观
条件，列宁将"农业无产阶级""半无产者""小农"预设为革命
队伍主力，并对"中农"采取中立且"不施用任何暴力"的政策。
对"大农"（富农），在无产阶级获得胜利后，"无产阶级国家政
权应当保留'大农'的土地，只在他们反抗被剥削劳动者的政权
时才加以没收"，同时要确保小农可以在一定条件下使用"大农"
的农业器具，而只有对代表大土地占有者的地主阶级，才应当无
条件没收其全部土地。

尽管"提纲"中的阶级划分针对的是资本主义国家的农村，
但列宁提出的方针以布尔什维克自身的斗争经验为基础，同时也
在某种程度上兼顾了欧美与俄国、相对发达与落后资本主义国家

---

① 《列宁全集》（第31卷），人民出版社1958年版，第136页。

的现实情况。可以说，列宁所强调的革命斗争普遍真理中的灵活性与民族性，其本质都是为了给具体现实中的复杂性和多样性留出足够的探索空间。但在大革命失败后，苏共与共产国际内部的党争，以及他们对国际局势与中国革命阶段论的误判，影响着土地革命时期中共的富农政策。

1928年，中共六大在莫斯科召开，通过《政治决议案》，虽然代表成员接受了世界革命发展的"第三时期"的论断，认同在世界范围内将有"剧烈的阶级冲突"的到来，进而导致中国革命的国际意义越发关键，但对于党在农民运动中主要任务的分析上，代表成员并不认同故意加紧对富农的斗争，因为农村当中的主要矛盾存在于农民和地主阶级之间。这一观点的具体论述在《农民问题决议案》当中：因为富农对于农民运动的态度往往分化为消极中立与敌视，所以当富农已经成为反动力量，那么对于富农的斗争"应与反军阀反地主豪绅的斗争同时进行"，而对于还未消失革命可能性的富农，共产党应当对其采取中立或吸收的政策，从而削弱敌人的力量。①

概括来说，中共六大的富农政策在以中立为主的前提之下较为重视策略性。随着中共六大的结束，共产国际六大随即召开，布哈林在会上作了《国际形势与共产国际的任务》的报告，正式提出"第三时期"理论，并对1928年之后的世界形式、资本主义

---

① 参见《中共党史教学参考资料》（一），人民出版社1978年版，第148—231页。

社会的危机与革命将迎来的高潮作出乐观预测。另一方面，"第三时期"理论的提出发生在苏共党内反对右倾的过程中，布哈林明显"左"倾的"第三时期"理论也被批判为右倾机会主义。这一影响传递至国内，导致本就具有"左"倾冒险主义倾向的李立三被批判为右倾，而王明对李立三的批判正是将他与布哈林对照进行的，而之后诞生的"王明路线"则进一步加剧了国内革命形势"左"倾的危机。

也正是在这段时期，共产国际开始对中共的富农策略提出批判。1929 年 6 月，共产国际给中共中央来信四封，其中就包括《共产国际执委给中共中央关于农民问题的信》，即著名的"六月来信"。共产国际在信中对中共中央的富农策略提出严厉批评，认为"不能加紧反对富农的路线"，"就不能领导贫农底阶级斗争，就必然会削弱贫农群众底积极性，而帮助中国乡村里的富农剥削者"[1]。在共产国际的批判和指示下，中共中央作出了《关于接受共产国际对于农民问题之指示的决议》，承认了过去富农政策的错误，将富农所具有的资本主义与封建主义双重性质，认定为比地主阶级更为残酷的双重剥削。

客观来说，从 1929 年到 1930 年的时间里，王明对贯彻共产国际的"反对富农"路线起到了推波助澜的作用。在他看来，反对富农的本质是要在政治、经济、思想、组织等方方面面杜绝"杂质"，

---

① 中国社会科学院经济研究所中国现代经济史组编：《第一、二次国内革命战争时期土地斗争史料选编》，人民出版社 1981 年版，第 286 页。

为"纯而又纯"做出全面斗阵，因此所谓"半地主式的富农""自己参与生产的富农"这些提法都是左右摇摆，甚至是机会主义的。直到 1930 年 6 月，南阳会议通过《富农问题》决议案，对富农及其性质做出了结论，同时也提出了之后的斗争策略："富农的剥削比地主更加残酷，这个阶级自始至终是反革命的"，"我们的策略便应一起始就宣布富农的罪恶，把富农当作地主一样看待"①。

随着"左"倾路线走向失败以及革命形势的不断变化，中国共产党关于农村问题的思考也逐渐落到实处，如第一章所论述的中国社会性质论战，其逐步由话语代理和学术争论，转变为深入中国农村基层的中国农村性质论战；由"新思潮派"的理论背书延伸至"中国农村派"的调查研究。而在更为实际且具体的苏区建设和斗争当中，毛泽东在"左"倾路线的环境下，仍以实事求是为原则，通过《寻乌调查》《怎样分析农村阶级》等文章，为正确区分富农与地主、富裕中农提供了理论和现实指导。在中央红军到达陕北后，毛泽东于 1935 年 12 月代表中央颁布了《关于改变对富农策略的决定》。这一决定改变了自大革命失败后"左"倾的富农政策，指出："对于富农，我们只取消其封建或剥削的部分，即没收其出租的土地，并取消其高利贷。富农所经营的（包括雇工经营的）土地、商业以及其他财产则不能没收。"②

---

① 中国社会科学院经济研究所中国现代经济史组编：《第一、二次国内革命战争时期土地斗争史料选编》，人民出版社 1981 年版，第 402 页。
② 中共中央党校党史教研部编：《中国共产党重大问题评价》（一），内蒙古人民出版社 2001 年版，第 624 页。

客观来说，中国农村的富农阶层有其特殊性：它首先在生产方式上区别于传统的封建地主，即因为少部分富农采取雇佣劳动的形式而带有资本主义的性质，一部分富农自己参与劳动而成为较富裕的小生产者，进而又使他们产生了与富裕中农相重叠的部分。《太阳照在桑干河上》中的顾涌正是被混淆于这种划分当中的富农。同时，在革命的策略方面，富农既可能采取消极反动态度，也可能采取中立态度，但反对富农路线无疑将把他们推向敌对的一方。所以，就民主革命的意义和任务来说，将富农全然视作反动势力并加以打击，一方面忽视了少数富农相对于封建地主生产方式的不同；另一方面，则又将可能中立的一般富农推向敌对势力。因此，这一阶段的富农政策在"左"倾路线的影响下超出了民主革命的现实范畴，进而阻碍了革命的发展。

新富农的发展

回过头看《太阳照在桑干河上》的文本，其开头和结尾处，顾涌的忧虑与释然之间的相互照应是丁玲有意识的设计与表达。可以说在《五四指示》出台前，丁玲通过对革命形势的认识，在某种程度上预示了"富农问题"的出路。这一出路也体现在小说文本最后顾涌与胡泰的对话当中：

> 那个叫胡泰的老头子却坦然地答道："咱们村的事闹完了，咱来拿咱的车，这车他们也知道在这里，说这是跑买卖的，不要咱的。"

　　"啊！"顾涌惊奇地望着他，想在他脸上找出更多的证明来。

　　老头子也把他拉着往家走，边说道："没事，你放心！你们村还没闹完么？像咱，他们只评成个富农，叫咱自动些出来，咱自动了六十亩地。咱两部车，他们全没要，牲口也留着，还让做买卖，羊也留着的，你呢？你连长工也没雇，就更够不上。"[①]

　　胡泰的话令顾涌心安，土改工作组最终决定划走顾涌的一部分土地，同时也没有作出任何关于他具有剥削成分的结论。

　　丁玲的真诚正是体现于此：在小说情节的发展中，工作组实事求是的能力与群众的觉悟在双方不断深入接触的过程中共同提高，而这种共同成长的表述，反映的恰是丁玲对以往"不成熟"的警惕，又在一定程度上成为从土地革命时期到土改时期富农政策发展的写照。

　　从中央转移至陕北，到全面抗战爆发，富农阶级因形势的变化而变成了抗日战争中生产保障需要团结的力量。富农阶级与小资产阶级、民族资产阶级一样有抗日与民主的需求，所以富农阶级可以成为抗日的力量。发展富农生产的意义也更具长远性：倘若党对富农采取削弱与反对政策，则会导致根据地大部分小农因害怕发展为富农而消极生产，但缺少了生产的发展作为战争供给

━━━━━━━━━━━━━━━━━━━━

① 丁玲：《太阳照在桑干河上》，人民文学出版社 2019 年版，第 227 页。

的保障，显然又有违于民主革命中"反帝"的总目标。所以对待富农阶级，一方面，要鼓励其发展生产，将其纳入"减租减息"的范围；另一方面，因为富农自身仍带有剥削性质，所以也要对其实行"交租交息"的政策。

正是因为革命形势再一次发生变化，抗日根据地成了土地革命之后新富农发展的场域。在新政策的鼓励支持下，贫雇农的生产积极性日益提高，并逐步向着富农迈进。根据安定（子长）县4 个行政村 1941 年的调查："革命前，有 82% 的贫农和雇农，富农、中农仅占 13%；革命后，富农、中农增加为 61%，而贫农和雇农则降至 38%。"① 另外，在同年对延安、甘泉下属 14 个村的调查当中发现，发展为中农的原有贫雇农比例已达到 77.57%，发展为富农的比例达到 2.56%。在统计标准当中，中农是已具备充足的生产资料（如土地、耕牛、毛驴等生产工具），且有余粮的农户；富农则是在自己参与劳动的同时具有较大经营规模，并雇佣农工的富裕农户。②

其实在过去的"左"倾路线之外，中国共产党对于新富农的出现和发展早已具备思想上的认识。张闻天曾在土地革命时期指出："富农虽被削弱但依然存在，而且在土地革命胜利之后，小商品生产在苏维埃经济内所占的优势，从广大农民群众中，会产生

① 《抗日战争时期陕甘宁边区财政经济史料摘编》（第 9 编），陕西人民出版社 1981 年版，第 119 页。
② 《抗日战争时期陕甘宁边区财政经济史料摘编》（第 9 编），陕西人民出版社 1981 年版，第 119 页。

新的富农，这是毫不足怪的。"[1]张闻天的话充分说明，在王明路线与共产国际的指示之外，彼时的中共对于中国农村的发展与新富农的出现早有意识上的准备。但在这一意识的另一端，则是在新富农出现之后，党的富农政策该如何调整？究竟是任其继续发展，还是放弃中立而实行管制？在这一问题上，中央在1940年以前一直没有新的政策规定。

新富农的崛起对边区经济发展的的确确发挥了积极作用，他们一方面成为发展生产的榜样，同时也为边区政府安置移民减轻了负担。尤其在1941年皖南事变之后，国民党切断了边区政府的财政来源与协助款。此情此景之下，解决财政困境与危机成了首要任务，最为立竿见影的办法就是加派公粮的征收。据资料统计，倘若将1939年的公粮征收计作100，那么在1940年到1942年的3年内，公粮征收的相对指数分别为186.32、385.87和316.50。[2]除公粮征收之外，其他赋税与公债的发行也需要更多农民的支持，而在边区政府负担的转移中，富农所承担的份额比贫农多出一倍以上。[3]

在更为严峻的形势下，毛泽东于1942年提出了"发展经济，

---

① 张闻天：《张闻天文集》（第1卷），中共党史资料出版社1990年版，第359页。

② 中华人民共和国财政部、《中国农民负担史》编辑委员会编著：《中国农民负担史》（第3卷）（1927—1949年），中国财政经济出版社1990年版，第237页。

③ 李卓然：《从一个真凭实据的调查来看包围延安边区力量的源泉》，《解放日报》1943年8月3日。

保障供给"经济工作和财政工作的总方针，强调一切困难"只有
从切切实实的有效的经济发展上才能解决"①，进而又在同年颁布的
《关于抗日根据地的土地政策的决定》中，明确指出"承认资本主
义生产方式是中国现时比较进步的生产方式"，"富农的生产方式
是具有资本主义性质的，富农是农村中的资产阶级，是抗日与生
产不可缺少的力量"，②并提出要奖励富农生产与联合富农。特别
是对新富农的态度明确，指出"新富农经济，是翻身后个体农民
经济发展的必然前途，是农村中的新资本主义"③。

　　到此为止，丁玲对于顾涌的人物设计或许已经一目了然，富
农政策的曲折演变既受到革命形势的影响，更受到党内对于形势
判断的影响。客观来说，这种判断之不同体现在丁玲与周扬等人
之间，更体现在白区与苏区的干部之间。这一问题的根本，则在
于人们对马克思主义中国化的理解以及对阶级斗争与统一战线辩
证统一的认识。

　　1944 年，毛泽东在中央宣传工作会议上讲到边区农业生产的
问题时指出，"搞清楚了一个吴满有，才晓得边区能增加多少万
石，用什么办法增加"。在吴满有运动开展数年之后，毛泽东依
然强调："我们鼓励吴满有一类人之目的，在于这样能够稳定新旧

----

① 毛泽东：《经济问题与财政问题》，东北书店 1947 年版，第 1 页。
② 中央档案馆：《中共中央文件选集》（第 13 册），中共中央党校出版
社 1991 年版，第 282 页。
③ 李长远主编：《太岳革命根据地农业资料选编》，山西科学技术出版社
1991 年版，第 289 页。

中农，刺激其生产。如果过去这是需要的，现在这种情形仍未改变，不能说这种需要已不存在。如果中国的某些地区有依靠富农粮食供给的情形，那就鼓励富农经济更加是需要的了。"①毛泽东的这段话将新富农对边区经济建设的意义阐释得十分清楚，延安的"吴满友们"在政策的鼓励下一边发展农业生产，一边又为其他农户做了榜样。在这样的政策下，农民敢于增加生产资料，富农敢于雇工，这既是延安时期的先富起来，也体现出了新民主主义革命的丰富内涵。

概括而言，边区政府的富农政策充分体现了马克思主义中国化的灵活实践，也正是新民主主义革命的实践，进一步将马克思主义政治经济学的边界拓宽。

---

① 《毛泽东文集》第 5 卷，人民出版社 1996 年版，第 77 页。

第三章

农村合作化与"梁生宝道路"：
重读《创业史》

第一节 作为"勇气"与"风险之作"的《创业史》

1952 年 5 月，柳青从北京回到了陕西，选定长安县为生活和创作的根据地，在自此往后的 8 年时间里，他写出了反映中国农村合作化运动的长篇小说——《创业史》第一部。《创业史》作为"十七年文学"中农村题材的代表作，被誉为"经典性的史诗之作"，但这也是"风险之作"，更是作者柳青的勇气之作、良知之作。

在这部作品面世不久后，便产生了"中间人物论"的讨论。这场讨论不仅有文学背景，更有深刻的政治背景，绝不是一场"纯文学"的讨论。

概括而言，时任中国作协书记处书记的邵荃麟从"中间人物"的角度指出："《创业史》中梁三老汉比梁生宝写得好，概括了中国几千年来的个体农民的精神负担"，"我觉得梁生宝不是最成功的，作为典型人物，在很多作品中都可以找到。梁三老汉是不是典型人物呢？我看是很高的典型人物"。① 随后，当时的马克思主义文学理论家、北京大学教师严家炎进一步将梁三老汉的成功之处做了系统化论述，并且从这一人物的社会意义与艺术价值出发，认为梁三老汉在互助发展过程中所表现出的心灰意懒、战战兢兢、将信将疑等精神状态在中国农民中十分具有代表性，同时从另一方面指出，梁三老汉的身上更能体现出"由生活地位和历史条件所决定的终于要走新道路的必然性"②。

　　来自作协领导和马克思主义文艺理论研究者的权威批评使柳青倍感压力。压力之下的柳青难以沉默，在《延河》上发表《提出几个问题来讨论》一文，力图对严家炎触及的一系列"重大的原则问题"进行反驳。从柳青回击的6个"重大的原则问题"来看，他提取归纳的论点，或许能够反映出他对这场争论意图的理解以及他对批评的敏感之处。其中一个关键问题围绕在"小事情"与"大意义"之间。严家炎认为，梁生宝买稻种、带领群众进山等情节都是"小事情"，但柳青却通过自己政治上的"成熟"，把"大意义"加到了梁生宝身上。柳青当时面对的政治压力是巨大的，这也是使憨厚宽容的柳青激动的原因：

　　　　批评者迫不及待讽刺地把梁生宝社会主义觉悟高说
　　成马克思主义水平高，挖苦地把农民出身的梁生宝从一

---

① 邵荃麟:《关于"写中间人物"的材料》,《文艺报》1964年第8、9期合刊。
② 严家炎:《〈创业史〉第一部的突出成就》,《北京大学学报》1961年第3期。

些使他内心激动的事情体会出党的教育的深刻意义，说
成是他已经达到了"哲学的、理论的高度"了。[1]

柳青一直认为，关于"中间人物"的批评，在当时是有政治
背景的——正是这样的理解方式，使得柳青怀疑严家炎的批评绝
不是单纯的"学术批评"，因为这种批评并不仅仅是针对《创业
史》与梁生宝这个人物本身，其所批判的对象其实更是柳青个人
以及他对政治路线的理解。多年之后，柳青与严家炎的交谈再次
反映出了柳青的担忧：柳青怀疑批评梁生宝人物形象的文章是经
某位领导授意而写的。[2]

回顾历史，柳青的敏感恰好说明了他在《创业史》的写作与
出版过程中所承受的压力，这种内在的压力迫使他时刻敏锐地辨
析着外界的声音。直到1968年"文革"开始"清理阶级队伍"，
柳青心底的担忧和压力才终于呈现出来。

柳青当年所承受着的巨大压力究竟是什么？这个问题，乃是
迄今为止的研究者们几乎都没有注意到的，这就是笔者在重新考
察《创业史》，特别是"中间人物论"时的出发点。

首先，就是柳青与高岗之间的关系。出身于陕西吴堡的柳青
与出身于横山的高岗同为陕北的革命者。在日本投降撤出东北后，
中共中央决定派出一批干部从陕北到东北做接收和领导工作，其

---

① 柳青：《提出几个问题来讨论》，《延河》1963年8月号。
② 参见严家炎：《回忆我和柳青的几次见面》，《新文学史料》2012年第2期。

中柳青跟随高岗于 1946 年初前赴东北，柳青成了西北局充实东北局的主要干部力量。一年之后，柳青决定返回陕北参加解放战争，同时为创作积累新的素材。当时，高岗曾挽留柳青为东北的解放战争写作，但柳青因对陕北的群众生活更加熟悉而执意坚持，所以高岗对此表示理解，并请他为党中央捎去十来斤人参。两位陕北同乡的关系一向亲密，高岗对柳青这位同乡革命作家又极为赏识。

也就是在这段时间，解放战争中陕北土地改革中出现的问题令高岗产生了担忧，这也使他联系到了过去陕甘宁边区工作当中的老问题，所以高岗又请柳青到陕北后转告西北局书记习仲勋，要无情揭发这些土改工作中的问题。[①] 而对于习仲勋所指出的土地改革中出现的问题，毛泽东当时是十分重视的，由此可见，习仲勋对柳青也是十分信任和重视的。

归结来说，作为土生土长的陕北人，柳青在 22 岁时就奔赴延安，与中共西北局的领导关系十分密切，加上他又有短期的东北工作经历，便注定了他身份的特殊。

陕北的革命、陕北的土地革命是极其伟大的，但革命的历程则是十分复杂的。在柳青 1952 年回到陕北的日子里，围绕着土地改革、农村社会主义进程的"两条路线"的斗争已然清晰地展现出来。换言之，农村互助合作的阻力不仅源于现实中"小农经

---

① 刘可风：《柳青传》，人民文学出版社 2016 年版，第 91—95 页。

济的汪洋大海"，而且也深受党内政治路线分歧的影响。处于这样的矛盾中，柳青不可能置身事外——而坚定地选择创作《创业史》，这对柳青而言，既需要面对巨大的风险，更需要巨大的勇气。

柳青对西北革命的历史是十分熟悉的。高岗在西北革命中起到过重要的历史作用，这是历史事实。作为陕北横山县人，高岗于1933年被当时的陕西省委派往陕甘边革命根据地，同年8月，中共陕甘边特委决定成立陕甘边红军临时总指挥部。1935年春，陕北特委和陕甘边特委召开联席会议，正式成立中共西北工作委员会及中国工农红军西北革命军事委员会，统一了陕北和陕甘边的两块革命根据地与革命武装，并成立了前敌总指挥部，刘志丹任总指挥，高岗任政委，习仲勋为陕甘边苏维埃政府主席。

在党的历史上，高岗等人曾经是错误的肃反路线的受害者。1935年9月，由鄂豫皖出发长征的红二十五军到达陕北根据地，中共驻北方代表派驻西北代表团随即召集了红二十五军、中共西北工委、鄂豫皖省委、西北军委的联席会议。会前由朱理治、聂洪钧、程子华三人组成了中央代表团，进而决定彻底改组原机构，组建中共陕甘晋省委：朱理治任书记，郭洪涛任副书记，并为统一红军的领导而组建中国工农红军第十五军团：军长徐海东，政委程子华，副军团长兼参谋长刘志丹，政治部主任高岗。但陕甘晋省委的组建实则是为了贯彻所谓"反右倾机会主义的斗争"，朱理治与聂洪钧都是孔原主持北方局时期先后派驻到陕北开展肃反的干将，而北方局这一肃反传统，又是源自中共六届四中全会之后所执行的王明"左"倾教条主义指示。同时，程子华担任军长的红二十五军也曾在鄂豫皖时受到"王明路线"的影响。[1]

也正是在这种环境下，以朱理治、聂洪钧、程子华为首的中央代表团在陕北进行了错误的肃反斗争，肃反材料以"刘志丹是白色军官，是地主成分""高岗有历史问题；张秀山是右倾机会主义；习仲勋是跟着人家胡跑；杨森、杨琪是土匪头子"[2]为理由，将刘志丹、高岗、习仲勋、马文瑞、张秀山等人，以及红二十六军、陕甘边区、陕北的一批干部扣留迫害。直到中央红军于1935年10月19日到达陕北吴起镇，毛泽东以政治局常委（书记处书记）的身份兼任起中央政治保卫局长之后，才在千钧一发之际终止了肃反，于是便产生了"中央救了陕北，陕北救了中央"的说法。

身处白区的中共北方局坚持"王明路线"，对于西北革命根据地进行过错误的肃反——这次事件，使革命者刻骨铭心，也使西北的干部对白区出身的干部产生了看法。高岗则更直接地认为，白区路线就是"王明路线"，而他的这一判断，直接体现在日后他与刘少奇的纷争中：高岗所传播的关于中央有一个白区、一个苏区"两个司令部"的说法，由此产生。

---

① 参见张秀山：《我的八十五年——从西北到东北》，中共党史出版社2007年版，第82—86页。

② 参见张秀山：《我的八十五年——从西北到东北》，中共党史出版社2007年版，第82—86页。

尚未完成的历史

但在中央红军到达陕北的这段时期里，高岗因其看问题敏锐、政治立场坚定得到了毛泽东的赏识。毛泽东在延安中央党校关于《整顿党的作风》报告中也曾经特别指出："外来干部和本地干部各有长处，也各有短处，必须互相取长补短，才能有进步。外来干部比较本地干部，对于熟悉情况和联系群众这些方面，总要差些。拿我来说，就是这样。我到陕北已经五六年了，可是对于陕北的情况的了解，对于和陕北人民的联系，和高岗同志他们比较起来就差得多。"①

1941年高岗已经成为西北局书记，此后在中共七大被选为中央政治局委员，成为政治局十三个核心领导成员之一，并在抗战后被派往东北，与林彪领导开展东北根据地的斗争。直到1949年，高岗出任东北局书记、东北人民政府主席、军区司令员兼政治委员。在新中国成立以来的头三年里，高岗主政下的东北发展迅速，并为抗美援朝提供了稳定的保障。截至1952年，东北的工业生产总值已经超过历史最高水平（1943年）的10%，农村当中已有六七成农户上升为中农，甚至有二成左右达到富裕中农水平。② 可以这样认为，新中国成立初期的高岗集功绩荣耀于一身，当1953年五大中央局负责人调入中央工作时，因高岗被任命为有"经济内阁"之称的国家计划委员会主席，一时间便有了"五马进

---

① 引文依据《毛泽东选集》（第3卷），1953年版第824页原文，重印时将"和高岗同志他们比较起来"改为"和一些陕北同志比较起来"。
② 《三年来东北工业建设获得巨大成就》，《东北日报》1952年9月20日。

京，一马当先"之说。从"延安整风"形成的以毛泽东、刘少奇、周恩来、朱德、任弼时为顺序的领导人排名到"五马进京"，此时的高岗已具备和刘少奇分庭抗礼、乃至压过刘少奇一头的实力，而高岗本人性格上的一些弱点，此时也比较充分地表现出来，他对于刘少奇的不尊重，自此开始影响中央的团结和集中统一领导。

除了性格和作风上的明显缺点之外，高岗对刘少奇心怀芥蒂的一部分原因，源于苏区干部与白区干部之间切实的区别，特别是在革命根据地的干部看来，白区干部虽多是知识分子出身，但在实际工作中往往出现"左"倾和刚愎自用的现象，陕北肃反就是最好的印证。高岗又因之后目睹了彭真在延安中央党校的"整风"过程，将他称作"朱理治之流"，认为彭真的种种做法"颠倒是非"，而包括彭真、薄一波等人在内，这批华北的干部又被刘少奇所支持任用，由此也加剧了高岗对于白区干部的偏见。但是，尽管在历史上有过芥蒂和误会，刘少奇与高岗两人在具体工作和政治路线上的分歧，主要发生在新中国成立前后。

1949 年 4 月，刘少奇在天津为了安抚资本家、纠正城市工作中"左"的倾向而讲出了一套"剥削有功"的话，即著名的"天津讲话"。刘少奇在同天津资本家代表的谈话中指出：

> 你们有本事多开工厂多剥削一些工人，对国家人民都有利，大家赞成。你们当前与工人有很多共同利益。资产阶级在历史上是有功劳的。马克思恩格斯在《共产党宣言》里就说过，近一百年中，资本主义将生产力空

前提高，比有史以来几千年创造的全部生产力还要多。
今天中国资本主义是在年轻时代，正是发挥它的历史作
用、积极作用和建立功劳的时候，应赶紧努力，不要错
过。今天资本主义剥削是合法的，愈多愈好。①

刘少奇对于《共产党宣言》的引用，即使今天看来，也确实
是片面的。

在 1949 年 5 月，东北局社会部部长邹大鹏针对东北城市工作
中"左"的倾向向上反映，刘少奇由此签发了《中央关于对民族
资本家政策问题致东北局电》。文中，刘少奇以他在天津的视察
座谈为经验，并将东北的城市工作倾向类比于天津，进而望东北
局"立即加以检讨并纠正"，这就是以中央的名义，对于西北局
的工作进行明确的批评。对此，高岗在与几位东北局常委的交谈
中，指出了刘少奇对资产阶级的政策是右倾，并认为华北局工作
方式的右倾与"天津讲话"有着直接的联系。②

而关于农村互助合作、富农党员、党员雇工等这些原则性问
题的争论，也是在同年发生的。最早感到农村发生变化的，是时
任辽东省委书记的张闻天。他发现东北地区的农民生活有所改善，
遂而产生了阶级分化的现象，买卖土地的情况也开始出现。于是
他便于 1949 年 5 月分三次致电东北局并汇报毛泽东，认为在现阶

---

① 刘少奇：《在天津市工商业家座谈会上的讲话》（1949 年 5 月 2 日），《刘
少奇论新中国经济建设》，中央文献出版社 1993 年版，第 107 页。
② 张明远：《我的回忆》，中共党史出版社 2004 年版，第 334 页。

段的情况下，党在农村中一方面要允许农民在一定程度内发展为新富农，同时也要帮助贫苦农民组织起来，而工作重点应该放在技术的改良和分工分业上面。[①]

回顾历史，当中央红军到达吴起镇时，张闻天就曾经代表当时的中央政治局，肯定朱理治主持下的西北工作是好的，"路线是正确的"。而当时的毛泽东、周恩来则认为，陕北的肃反是有严重问题的，是完全错误的——如果没有毛泽东坚持纠正错误的肃反，当年包括高岗在内的一批西北革命者可能会人头落地，因此高岗一贯把张闻天视为"王明路线"的追随者。

针对张闻天容忍卖地、农村分化的观点，当时的东北局书记、东北人民政府主席高岗完全不赞同。在同年召开的东北农村工作座谈会上，高岗在总结发言中强调，农村经济的发展方向应当是使绝大多数的农民上升为丰衣足食的农民，这是组织起来发展的原因，进而着重批评了"对于农业经济的发展放弃无产阶级的领导，主张完全的自由竞争，让其自流发展的资本主义路线"[②]的观点。高岗强调组织起来，各项政策措施都应当围绕着互助合作来展开，农村党员不能参与雇工剥削，结合这些观点，高岗由此树立了一条有别于刘少奇、张闻天等人的路线。

政治路线的分歧，迅疾地发展为组织路线上的冲突，这集中

---

① 张闻天：《张闻天文集》（第4卷），中共党史出版社1995年版，第83—89页。

② 高岗：《在农村工作座谈会上的总结》（1949年12月10日），《新华月报》1950年2月号。

表现为如何看待富农党员、党员雇工这个问题。

在东北农村工作座谈会后，东北局组织部向中央组织部请示关于"党员发展成富农怎么办"这一问题，时任东北局第二副书记、松江省委书记的张秀山前往北京向安子文转达情况，并在安子文的陪同下向刘少奇汇报。刘少奇向来的主张是将新民主主义与社会主义阶段、奋斗目标与现行政策做出严格区分，同时认为农村具备先进的生产技术是发展互助合作的必要前提，所以在与时任中组部副部长安子文讨论后，向东北局批复意见："在今天农村的个体经济基础上，农村资本主义的一定限度的发展是不可避免的，一部分党员向富农发展，并不是可怕的事情，党员变成富农怎么办的提法，是过早的，因而也是错误的。"[1]党员可以成为富农，可以雇工生产，应鼓励农民独立生产，引导其广泛发展为"三马一犁一车"的中农——这便是刘少奇等人当时的观念。

与东北局提出同样问题的还有山西省委，因为山西省大部分地区为抗战时期八路军的根据地，作为有基础、有历史的老区，山西农村的大部分地区早在抗战时期就已经组织起来发展生产，农民的生活和生产情况也已好转。但在这个过程中，互助组的涣散时有发生，山西省农业厅对晋东南武乡县（八路军总部所在地）的农村调查显示：在1949年至1950年两年时间内，已有139户将土地卖出，总计大约410亩，而在另一边，部分富裕农民所占

---

① 《建国以来刘少奇文稿》（第1册），中央文献出版社2005年版，第399页。

有的土地面积已经超过村内人均耕地面积的一到三倍。[①] 于是，山西省委于 1951 年 4 月向华北局提交报告，力图"把老区互助组织提高一步"。山西省委的意见也是力图解决如何将农民更好地组织起来这一问题，其办法一方面是通过征集公积金的形式增强公共积累，以便互助组成员享用；另一方面则是将互助组提高为土地入股的农业合作社，从而逐步动摇、削弱农村的私有制基础。[②]

针对这件事情，华北局虽与山西省委的意见相左，但却无法说服山西省委改变意见，所以作为华北局的主要领导，薄一波与刘澜涛认为有必要向刘少奇请示。而刘少奇又将这一事件上升到了"从理论上划清科学社会主义与农业社会主义的界限"之高度，并将山西省委的报告印发给全体马列学院的学员，进而又作出了广泛为人们所知的"山西批语"：

> 在土地改革以后的农村中，在经济发展中，农民的自发势力和阶级分化已开始表现出来了。党内已经有一些同志对这种自发势力和阶级分化表示害怕，并且企图去加以阻止和避免。他们幻想用劳动互助组和供销合作社的办法去达到阻止或避免此种趋势的目的。已有人提出了这样的意见：应当逐步地动摇、削弱直至否定私有

---

① 郭忠：《晋东南武乡县农村考察报告》，陶鲁笳：《毛主席教我们当省委书记》，中央文献出版社 2003 年版，第 189 页。
② 《当代中国农业合作化》编辑室编：《建国以来农业合作化史料汇编》，中共党史出版社 1992 年版，第 42—43 页。

> 基础，把农业生产互助组织提高到农业生产合作社，以
> 此作为新因素，去战胜"农民的自发因素"。这是一种
> 错误的、危险的、空想的农业社会主义思想。山西省委
> 的这个文件，就是表现这种思想的一个例子，特别印发
> 给负责同志一阅。①

刘少奇与薄一波逐渐形成了一种共识，即没有强大的国营作为支撑，单凭借互助合作的形式逐步动摇私有制，进而走向农业的集体化道路，这完全是一种"空想的农业社会主义思想"。这种共识，则是刘澜涛难以接受的，而刘澜涛恰好又是出身于西北的革命者。

在"土改"之后，强大的国营工业是否能够从富农经营当中产生出来？东北工业基地的工作经验，使得高岗得出了否定的结论。对于刘少奇所持观点的潜台词，高岗在1952年《反对资产阶级思想对党的侵蚀，反对党内的右倾思想》的文章中予以揭示：

> 那种让农民自流发展，让农村经过深刻的阶级分化
> 之后，再来一次大的革命，或是等到将来有了械器在一
> 个早晨下命令实行集体化的观点，是一种有害的思想。

上述观点所针对的，即是刘少奇在对山西省委的批评中提到的"养肥猪"政策（即刘少奇所谓"把猪养肥了再杀"）。而高岗

---

① 《当代中国农业合作化》编辑室编：《建国以来农业合作化史料汇编》，中共党史出版社1992年版，第42页。

的此次讲话立即得到了毛泽东的全力支持，毛泽东不仅指示胡乔木将高岗的报告发表在《东北日报》和《人民日报》，同时还要印成"活页文选"在全国发行。

新中国成立伊始，在农村究竟往何处去的分歧中，毛泽东显然是站在高岗一边的。

回过头来看，柳青正是于1952年落户到长安县，此时，一条以高岗为代表的、由西北干部所支持的路线，逐步在毛泽东支持的基础上凸显出来。实际上，这就是过渡时期总路线，而长安县的王莽村既是《创业史》中大王村的原型，同时也是在当时十分先进和前卫的代表：早在1951年，王莽村便有94%的村民加入了互助组，带头人蒲忠智也早已完成了"买稻种"和进终南山"编扫帚"的先进事迹，使得互助组的生产与收入大大提升。王莽村作为长安县与西北地区的旗帜，在"过渡时期总路线"确立前一年就获得了西北局与中央农业部的丰产奖励，这些都成了柳青形成创作经验之前的实践经验。

究竟是向社会主义过渡，还是向资本主义过渡？在毛泽东看来，这是一个原则性问题，他更向全党发出这样的疑问：总不能说，既不向社会主义过渡，又不向资本主义过渡吧？

今天看来，《创业史》的出发点，首先就是直面这个问题。

而捅破了这层窗户纸的，其实就是毛泽东本人。当时的高岗认为自己站在了毛泽东一边，他同时认为：刘少奇是反对毛泽东的主张的。但高岗所忽略的是，毛泽东一贯主张党内的团结，毛泽东将组织路线和政治路线看得同样重要。在 1953 年 6 月至 8 月的全国财经工作会议中，虽有高岗"批薄射刘"一说，毛泽东尽管也感到了高岗与刘少奇的不和，但在会议召开期间，毛泽东提出了关于"过渡时期总路线"的问题，这与他向政治局提出批判"巩固新民主主义社会秩序"的说法遥相呼应。

客观来说，全国财经工作会议成为关于贯彻"过渡时期总路线"的会议，之后的全国第二次组织工作会议，目的就是着手安排干部、进一步从组织上贯彻落实"总路线"。

毛泽东重视政治路线，也重视组织路线。高岗完全错误地领会了毛泽东的意图，他采用了非组织的行为，纠正"错误的组织路线"的做法，这既暴露了高岗的野心，也使得毛泽东为了维护党的团结，下决心解决、清除党内的这种非组织行为。

今天看来，无论是柳青还是高岗，在坚持"过渡时期总路线"方面，确实是与毛泽东站在一起的。高岗、饶漱石的问题，主要是组织路线的问题。柳青虽然与高岗存在革命友谊，但他根本没有参与过高岗的非组织活动。然而，在"高饶事件"发生后，柳青不能不担心，有人会从这个方面把他与高岗联系在一起。

回过头来看柳青 1963 年发表的《提出几个问题来讨论》一文，其中，他将一些批评者的言论着重提取出来，认为这批评论有罗织罪名之嫌——如梁生宝做的都是"小事情""日常的较为平凡一点的生活"；梁生宝马克思主义水平高；梁生宝的气质"不完全属于农民的东西"；梁生宝没有"在跟资本主义势力面对面搏斗中露锋芒";认为柳青"为以后几部中进一步的发展留下了很宽的余地";等等。①柳青认为,这些说法,其实都不是文艺批评,而是有着政治深意。

后来的文学史研究者一般认为,柳青这是神经过敏,是一种拒绝批评的"高傲"。实际上,我们真正理解柳青对如上批评言论的反应,便自然要结合他的现实经验,结合他的真实处境。实际上,几乎是在"中间人物论"提出的同时,在"大跃进"之后的七千人大会上,刘少奇"三分天灾,七分人祸"的讲话,都使柳青感到了"山雨欲来风满楼"。

西北是中国革命的落脚点与转折点,由此也使西北的革命者被打上了深刻的历史烙印。柳青对此的认识是清醒的,他也更感受到了特殊时期自己身份的敏感。刘景范的妻子创作的《刘志丹》被扣上"用小说反党"的帽子证明:柳青感到的压力不是空穴来风。而创作《创业史》的意义,首先就在这风险与挑战的直面之中。

第二节 "视差"下的叙述:
"梁生宝道路"的意义

正如上文所呈现的,"梁生宝道路"孕育在一个充满斗争的时

---

① 柳青:《提出几个问题来讨论》,《延河》1963 年第 8 期。

期，但它既是柳青自己的选择，也是柳青为描绘出社会主义制度诞生的过程所精心雕琢的成果。在这个过程中，柳青也无数次澄清《创业史》所面对的现实问题："小农经济的汪洋大海"乃是中国社会主义现代化必须直面的挑战，而改造小农经济与小生产者，则正是"梁生宝道路"所要面对的挑战。

　　小农经济是有中国特色的经济模式，小农经济与资本主义之间的关系，是学术界长期研究的课题。而传统中国在较早的历史时期就已蕴含着资本主义的萌芽，这一点几乎已成为国内外许多学者的共识。如"京都学派"提出的"宋代近世"一说：内藤湖南将唐朝视作中国中世纪的结束，进而将宋代视为中国近代之始，其依据就是基于土地商品化的中国社会商品经济的发展。宫崎市定则进一步认为，宋代的小农经济造成了农村生产资料与劳动力的商品化，既显露出了资本主义的征兆，同时又与欧洲的文艺复兴十分相似，因此中国最早摆脱了中世纪，走向了近代文艺复兴。而在侯外庐等国内学者看来，中国的资本主义萌芽则发生在晚明。在这一时期，城市的私人手工业、商业、对外贸易都在飞速发展，手工业与农业的分离也时常发生。总而言之，关于中国古代资本主义萌芽的假说不绝如缕，但也正因为如此，中国的封建小农经济的发展为何始终踟蹰不前才成了一个绕不开的问题——即最先走向近代化的中国，何以迟迟没有跨越工业化、现代化的门槛？

　　倘若从这个角度来理解柳青塑造"梁生宝道路"的意图，我们或许能更清晰地辨识出新与旧、传统与现代之间的关系，"梁生宝道路"或许能够成为思考和追溯的起点，进而再一次为我们探讨中国历史中的可能性打开想象空间。

然而，在 20 世纪 80 年代以来新时期文学的叙述脉络中，中国现代化的瓶颈，被解读为私有意识，特别是私有产权意识被压制。在这种"新启蒙"思想的支配下，梁三老汉将梁生宝取而代之，以其私有产权形式活跃在人们的关切当中，同时又在"伤痕""反思"的氛围中站到舞台中心。无独有偶，高晓声的《李顺大造屋》中李顺大三起三落的造房经历，在某种程度上就是重演了梁三老汉的发家梦。

于是，梁三被"新时期"的批评家们指认为"封建残余"。批评家们把以梁三老汉为代表的群体作为剖析对象，认为他们虽然改善了自己的经济生活，但因"还没有从因袭的重负中解脱出来"，所以要继续在启蒙的道路上重塑自我。在"新启蒙"的范畴当中，农民这一重要的群体自然被囊括其中，他们也再次成为"反封建"任务所要关怀的对象。如高晓声所言："讲到反封建，这就要对农民做大量启蒙工作……我们不能让农民的弱点长期存在下去，不能让他们再这样贫困愚昧下去，改变农民的物质生活和精神面貌是建设社会主义极其严重的任务。"[1]

这里的"新启蒙"，即对农民做启蒙工作，就是向他们灌输私有意识、商品意识，因为只有这样的意识，才是"新启蒙"下

---

[1] 高晓声：《生活、目的和技巧》，《星火》1980 年第 9 期。

的"现代意识"——也正是在"新启蒙"的语境下,"反封建"以"未完成的历史任务"的姿态,寻找到五四新文化运动这一源头。从这个意义上说,走向以世界文学为标志的西方"普世价值",并继续完成五四新文化运动所未完成的现代任务,这既成为反封建任务的前途,也决定了中国农村被重新表述的基础。

值得注意的是,在"新启蒙"所主导的意识之下,马克思经典论述的"再解读",竟然也对中国农村的重新阐释起到了关键作用。其一方面表现在《共产党宣言》中马克思、恩格斯对世界历史进程所下的"决断":资产阶级"使农村屈服于城市的统治""使很大一部分居民脱离了农村生活的愚昧状态""使农民的民族从属于资产阶级的民族,使东方从属于西方"。换言之,以农耕文明为根基的民族融入世界的过程即是臣服、瓦解和分崩离析的过程,农村必须服从城市。在"新启蒙"的语境里,梁三的动摇、犹疑,不在于他对社会主义的怀疑与动摇,而在于他对资本主义进程的害怕与恐惧,在于他对资本主义道路的怀疑与动摇,即梁三害怕城市消灭农村,害怕他的土地被资本主义的"圈地运动"所剥夺,害怕有一天他会再流离失所,失去土地——在"新启蒙"看来,这就是梁三的封建意识。

与之相伴随的是另一种对于"社会组织结构"的重新认识,即在马克思《1857—1858年经济学手稿》和其他关于历史进程的叙述中,对历史的回溯往往揭示出依附性的个体在强力支配下所表现的"不独立",同时"不独立"的个体只能通过"整体"或

"统一体"而存在。而马克思说，"土地是一种天然的共同体"，但现代进程就意味着这种"天然的共同体"不可避免地解体——不论是家庭扩大为氏族，还是部落的联合，它们都落后于现代进程中出现的"理性的个体"，以及由理性人通过契约所构建的联合。

直到 21 世纪初，一位名叫武春生的学人踏上了寻找梁生宝的道路。彼时，他驻足于皇甫村的土地上，又刻意在柳青笔下常出现的大十字街上选了家饭馆，店主整洁的店面、忙碌的生意，与窗外站立游走的闲人在他心中形成了鲜明的对比。这一切仿佛印证了造访前就已有的猜想：过去那些成分不好、自发性强的富农、富裕中农今天获得了率先富起来的机会，而那些曾被"大锅饭"养惯了的人，因为不具备竞争和生存能力而被市场淘汰。在无尽的感慨中，武春生总结道："五十年前的任老四们在梁生宝的带领下可绝不是如此游手好闲。"[1]

对现实的聚焦一步步淡化了梁生宝形象的光辉。在武春生的笔下，梁生宝已不再能代表农村的发展主体，这一主体被郭振山与郭世富取代，他们要走上的道路是如同陈奂生一般的进城和出国，而梁生宝则变成了没有族权的白嘉轩（《白鹿原》中的人物）在蛤蟆滩上的乡愁、孤守，并以他高尚的人格使落单掉队的庄稼人抱团取暖。

---

[1]　武春生：《寻找梁生宝》，《读书》2004 年第 6 期。

于是，当年刘少奇与高岗之间的那场关于党的农村基层组织的争论，就这样有了"结论"：党员雇工、剥削，都是党员先进性的表现，要发挥农村基层党员的先进性，就不是像梁生宝那样，带领办互助组、合作社，而是像郭振山那样，用致富来确立自己在新时期的威望，党的干部率先发家致富，才可以说明党的干部真正的能力所在。诚然，郭振山是有能力的。而问题的关键在于，他对老百姓究竟有没有感情，关键在于，这种能力，是否能够冠之以马克思主义和共产党人的名义。

在"活跃借贷"失败之前，郭振山因下堡村代表主任、县人民代表的身份成为当地德高望重般的存在，他不仅是土改中的"轰炸机"，同时又被大多数农民视为土改过程中的"领导者""功臣"。作为蛤蟆滩的"三大能人"之一，郭振山的影响力远比郭世富与姚士杰要大得多：蛤蟆滩的村民都认为郭振山能力强、有办法，不仅梁三老汉常以郭振山为榜样来敲打梁生宝，改霞考工厂的规划和贫农在活跃借贷期间的翘首期盼都与郭振山息息相关。但是，郭振山却滥用了老百姓对于自己的肯定、信任与崇敬，一边在孙水嘴的撺掇下在土改中分得了最好的土地，一边结合他的能耐实现着自己的发家梦，而把自己服务的对象——人民群众——视为低能者。

梁生宝从来不认为自己有什么能力，他认为真正有能力、有本事的，是农民，是群众，而自己则是非常渺小的。这种意识，就是毛泽东所说的共产党人的意识。

梁生宝解决了蛤蟆滩的稻种问题后，农闲与春荒立刻成了稻谷丰收之前摆在梁生宝面前的急迫问题。"活跃借贷"本应是解决春荒的办法，但发家的庄稼人却都成了"自己过光景的主席"。此时群众会上的贫下中农都将希望寄托在了代表主任郭振山身上，因为他们相信郭振山同他们是一条心的，也相信土改中的"轰炸机"能带领他们继续前进：

> 　　现在坐在蛤蟆滩普小教室里的、这帮从前被压在底层的庄稼人，巴不得明天早晨实行社会主义才好呢。历史如果停留在这查田定产以后的局面，停留在一九五三年的话，那么，他们将要很快倒回一九四九年前的悲惨命运里头。共产党决不允许这样！……他们要坚决跟着共产党往前走！他们不能仅仅满足于几亩土地，满足于半饥半饱，满足于十年穿一件棉袄，满足于肩膀被扁担压肿！①

贫农希望向前去的态度是坚定的，然而郭振山最终没有成为他们的引路人，而是在他的"庄稼人"与"在党"双重身份之间选择了一种妥协。为什么？就是因为郭振山认为有能力的是干部，而农民群众是无能的，是渺小的，是愚蠢的，而自己则是聪明的。按照毛泽东的说法，这样的人，不配做共产党人，他们的意识深

---

① 柳青：《创业史》，中国青年出版社2009年版，第120页。

处，已经背离了党的基本宗旨，他的世界观，是完全脱离人民的。

因此，对郭振山的书写，其目的不仅是为了衬托出梁生宝的高尚，还因为在郭振山身上存在着两种对于土改的认识：从庄稼人的视角出发，土改如同历代的农民革命，实现"耕者有其田"，就是回到了历史中小农经济最理想的开端，每一个人也应当抓紧时间创家立业；而从郭振山作为代表主任的"在党"视角出发，土改是他的"功勋簿"，他的光荣历史虽然让他赢得了威信，却也使他时刻处于组织和群众的注视之下，这令郭振山不敢冒尖，不敢成为个人创家立业的"代言人"。

"在党"，此时显然已经成为郭振山的负担与束缚。

正是在两种视角的对比中，郭振山"土改领袖""轰炸机"的形象与"小农创业者"的形象产生了对抗。它可以被理解为柄谷行人所说的"视差"，只有在这种"视差"中，才能审视郭振山"共产党人"的身份。

而这种"视差"普遍存在于新中国成立初期的中国农村：土改一边解放了生产力，使农民人口约占 88% 的中国成为世界最大的小有产者国家，其中的大多数又恢复了以往中农的生活水平，所以买地租地、添车架马的现象多了起来，小农经济的单干模式越发流行；而另一边，在农村的党员和村干部中，出现了因不能把握政策而消极生产，或是因想买地雇工而要求退党的现象。在人们都立足土地和"庄稼人"的身份，又置身于"理想的小农经济"开端的情景下，"在党"便成为一种"他者"视角，以或多或少的"政治性"和"纪律性"来审视土改的成果。

作为蛤蟆滩的"三大能人"之一,郭振山自然有他的办法来平复他强烈的"视差",这也意味着他要再引入一个新的视角,才能使他安稳立足一个新立场,才能使他原本不自然的形象显得高大自然起来——这个新视角的来源就是郭世富。其实从郭振山参加郭世富的"架梁宴会"开始,两个人的关系就已经变得暧昧起来了。作为富裕中农的郭世富不是土改的对象,还是土改之后庄稼人最理想的目标。改霞母亲的评价最为精辟:"好人家嘛!……地有地,人有人;马有马,车有车。家里满院灯亮,出门骡马铃响。"① 所以郭振山认为自己有理由以郭世富的视角来确立自己稳定的现状:他可以在保留"在党"身份的同时,专心创家立业,于是便有了他自己定下的"五年计划"——按人口平均,家里的土地面积要赶上郭世富。

但作为谙熟国家政策而又在农村生活调研多年的柳青,他不仅了解郭振山内心的盘算,同时更能在多重视角下审视"郭振山道路"的效应。在这个过程中,他发现了危机的存在:一方面是郭振山搞砸了"活跃借贷",决定抛下"希望向前奔的贫农";在这同时,他把准备买地的部分粮食投资给私商韩万祥的砖瓦窑"支援建设",这实则是为筹备自己日后建房所用砖瓦的事情。而这一事件被揭露恰恰隐含着柳青对梁生宝视角的引入:"好精的

---

① 柳青:《创业史》,中国青年出版社 2009 年版,第 85 页。

韩掌柜，也算黄堡街上少数几个精人里头的一个哩，会拆自己台吗？啊，啊！郭振山终于从记忆里搜索出来了，似乎有两回在黄堡集上，他和韩万祥说话，给梁生宝碰见过……"①

从某种程度上说，正是因为柳青在不同人物的话语体系中的"移动"，才呈现出了在彼时农村中存在的"视差"。换言之，土改也通过不同的人物形象而呈现出了它的不同镜像，而这也是解读《创业史》的重要线索。对柳青来说，刻画出社会主义这个"新鲜事物"需要步步为营，所以，在他的观察和思考中，"社会主义觉悟"往往是成为"社会主义新人"的必要前提，也是要先具备的思想品质，而这种觉悟所兼具的内容，往往又反映在人物对于土改的认识当中。

在前文的论述中已经指出家国一体、以家为本，是中国式的"封建"的基本特征。从这个角度说，蛤蟆滩又极其特殊。蛤蟆滩是由逃灾躲难的"流民"所聚集构成，意味着蛤蟆滩上家族和宗法的因素少之又少，这也使得蛤蟆滩的土改运动更容易与"反帝反封建"斗争相结合，进而产生由"家"到"国"的想象，并在革命之后延伸出对传统小农经济的反思。

也正是从这个角度出发，我们看到了郭世富、郭振山、梁三老汉等人对"家"的规划和构想，因为"家破"不仅能促使人们在"国"的观念中凝聚，同时也能激起人们创建"家园"的欲望：

---

① 柳青：《创业史》，中国青年出版社 2009 年版，第 159 页。

面对着乡镇,他眼睛要放灵活些;对于兄弟、妯娌、子侄等辈,他手掌要捏紧些。他能卡住不花费的,他要尽量卡住。当家人嘛,没有不被年轻的家庭成员暗恨的。这,不要紧!他是为了大伙——一个古老传统和陈旧概念的集体。郭世富决心在他活着的时候,不让他新近扩建的四合院里,演出分家的"悲剧"。他决心尽一切力量、机智和忍耐,将来作为一个五世同堂的家长,辞别这个世界。[1]

然而,在郭世富"尽一切力量、机智和忍耐"维系这个"家"的理想中,也透露出了他对"分家"的担忧。这种担忧也发生在郭振山身上:郭振山认为家人一块过,"底子厚,力量大",但又因为他办工作误工太多,老二郭振海已经开始威胁着要分家了。至于梁三老汉,早在土改之前与兄弟梁大就分家过了;梁生宝买稻种时曾向梁大的儿子梁生禄借钱,自然也被梁生禄拒绝了。可见,"创业史"既是个人创家立业的历史,也是与之相伴随的"分家史",是创家立业者的悲剧,同时又是数千年来多子继承制的必然。

建立在宗法制度之上的中国式"封建"的最大问题,就在于"分"与"分家"。在传统小农经济的范畴中,自商鞅"废井田、开阡陌"开始,就规定了"民有二男以上不分异者,倍其赋"

---

[1] 柳青:《创业史》,中国青年出版社2009年版,第355—356页。

（《史记·商君列传》）。汉初贾谊又对此说明："秦人家富子壮则出分，家贫子壮则出赘。"（《汉书·贾谊传》）而这种不成文的社会习惯在唐朝演变为社会制度，如《唐律》中所述："同居应分，不均平者，计所侵，坐赃论，减三等。"《疏义》又规定："准《户令》：应分田宅及财务者，兄弟均分……违此令文者，是为不平均。""分家"作为小农经济的传统，在某种程度上又促使小农经济走向极端，尤其在明、清人口大规模激增的背景下，自耕农土地的碎片化进一步使小农业与家庭小手工业牢固结合起来，巩固了一家一户男耕女织的生产体制。

回过头来看蛤蟆滩的"创业者"。倘若他们将土改理解为回到小农经济的理想开端，那么"创家"与"分家"的历史更迭，便会持久徘徊在他们对"家"的认识当中。因此，只有从创家与分家的矛盾与视差之中，我们才能发现梁生宝是这种千年矛盾的必然产物。他始终对土改后分得的"一亩三分地"并不上心，虽然他时刻铭记着梁三老汉的收养之恩，但在梁生宝的视角下，"家"等于"地"、"分家"等于"分地"等诸如这样的联系是不存在的。梁生宝的形象，恰恰深刻地体现了中国老百姓对于天下大势的洞彻：分久必合，合久必分。

所以在《创业史》第一部当中，梁生宝虽然是贫下中农互助组的领导者，却也是柳青在强烈的"视差"当中，对贫下中农、中农、富裕中农等不同人物视角的反思与批判。土改在庄稼人当中的多重镜像成为柳青建构叙事的基础，而梁生宝处在一个分久必合的历史大势之中。换句话说，"合久必分"固然是中国农民的智慧，而"分久必合"又何尝不是数千年来中国农民、中华民族对于历史沧桑的深刻认识呢？从这个角度说，站在西方的立场上，鼓吹"人间正道私有化"，这恰恰是一种片面，一种历史视野的局限。只有从"话说天下大势，合久必分，分久必合"的大历史视野，我们才能更为深刻地理解中华文明的智慧，才能理解中国亿万农民的伟大历史襟怀，才能认识到，梁生宝的"觉悟"是立足中华文明的精华的，而不是凭空产生的。由此，对土改的扬弃才使叙事的展开成为可能，遂而才能使庄稼人摆脱小农经济的局限、摆脱庄稼人视野的束缚，并为更多的可能性开辟空间。

庄稼人是伟大的，中国农民是有胸怀、有视野的，这已经为中华民族数千年历史所证明，"分久必合"，这才是中国历史的人间正道是沧桑。

第三节　供销合作与农村集市：《创业史》中隐匿的商业资本

一、梁生宝为什么能？

从现实层面来说，梁生宝总能不负贫苦农民的期望，带领群众把事情做成。譬如"梁生宝买稻种"，"百日黄"作为丰产增收的"先进生产力",满足了庄稼人希望多打粮食、增加收入的需求,帮梁生宝在庄稼人群体中树立了威信。然而,作为"鸡毛能上天"的千百万中国新农民的代表,梁生宝不仅是万众依赖的对象,还是柳青对"农民群体"伟大抱负的信心与信念:在这一新的群体当中,每个庄稼人不再是"一亩三分地"上的功利主义者,他们将通过梁生宝来成为"梁生宝的共同体"。共产党人为什么能?梁生宝为什么能?就是因为共产党人相信毛泽东的那句话:群众是真正的英雄,而我们自己则往往是幼稚可笑的。换言之,蛤蟆滩村民不是白嘉轩羽翼之下、被约束于土地之上的庄稼人,而是通过梁生宝的引领,个个都要成为那个从终南山走出来的"主人翁"。

总览《创业史》的第一部,梁生宝最大的一次转变发生在"题叙"当中:13岁的宝娃便开始在吕二财东家熬长工,到了18岁,他已经对庄稼活路样样精通了。更不可思议的是,梁生宝居然预付了五块硬洋的工资,从财东家买来一头小黄牛犊。这一大胆的举动令梁三老汉懊悔,而宝娃却嘲笑老汉没出息的过法:"照你的样子,今辈子也创不起业来。熬长工的人嘛,要攒多少年,才有买一条大牛的钱呢?"[①]

正是这样的梁生宝,一登场便摇身一变成了一个成熟而富有远见的庄稼人。与梁三老汉相比,梁生宝创家立业的抱负要大得

---

① 柳青:《创业史》,中国青年出版社2009年版,第12页。

多了。但也正是这样的梁生宝，为了躲避抓壮丁钻进了终南山，而他再一次出现在蛤蟆滩上，已经是 20 年之后：1949 年的夏天，已经是民兵队长的梁生宝在下堡村边跑边喊："解放啦！世事成咱的啦！"

"题叙"中的转折成为"创业史"的"史前史"，也成为梁生宝的"史前史"。从"小家"的创业者到新中国的主人翁，梁生宝有了另一种当家做主的意识。虽然梁三老汉依旧自认为是梁生宝的"主人"，是地的主人，但草棚院里的梁生宝已经意识到了自己的新身份，这也推动着他走向更为宏大且又艰巨的事业。

从终南山出来的梁生宝，获得了一种觉悟。这种觉悟就是"相信人民、相信群众"。"梁生宝道路"的竞争对象，是数代人已经本质化的、成为"三合头瓦房院主人"的理想。在刚经历土改时，他们的目光自然注视着自家的土地，又刻意在用余光扫视着郭振山、郭世富的发家成果。但他们所缺乏的，是从新中国、新政权的视野出发，进而反观自身地位与角色变化的契机，所以只有由梁生宝来当"引路人"，来作为庄稼人的另一双"眼睛"。

在某种程度上，《创业史》"题叙"中的留白通过梁生宝带领互助组进山、伐竹、编扫帚被揭示了出来。他们或许经历了与当年使梁生宝蜕变相类似的事情，与此同时，这个过程也让他们将注意力从土地上移开了。不论合作供销还是分工协作，互助组成员虽然不能叫出这些名词，但在远离蛤蟆滩的终南山里，庄稼人已经潜移默化地融入新中国的现代化进程中，他们将通过梁生宝来重新理解自己，看到自身的可能性。

毛泽东说过，"我想到中国的老百姓受苦受难，他们是想走社会主义道路的。所以我依靠群众"。

毛泽东的话是极为感慨也是极为深刻的。对这些话，可以有如下的理解与领会：中国人民受苦受难，他们是最坚韧、最勤劳、最能干的人民；中国人民如此受苦受难，如此勤劳智慧，而他们竟然不能换来彼此之间的信任与尊重，更不能换来世界的信任与尊重，不能换来所谓精英阶层起码的信任与尊重，这究竟是为什么？

"他们是想走社会主义道路的"，这就是说：人民需要信任、需要尊重，社会主义，就是尊重人民、相信群众。

"所以我依靠群众"，就是相信人民、依靠群众。

中国为什么要走社会主义道路？因为社会主义在中国人民心中是有基础的。中国为什么能够搞成社会主义的现代化？因为人民币的发行，归根到底，就是建立在人民对于自己的政权的信任基础之上，就是因为在中国共产党领导下，中国巨大的人口资源，第一次被空前地焕发和组织起来了。

离开了这一切，就没有中国的社会主义现代化。

二、小农经济的"商品"与供销合作

关于怎样建立现代经济体系和现代经济制度，在1953年《关于农业互助合作的两次谈话》当中，毛泽东指出："个体农民，增产有限,必须发展互助合作。对于农村的阵地,社会主义如果不去占领,资本主义就必然会去占领。资本主义道路也可增产,但时间要长,而且是痛苦的道路,我们不搞资本主义,这是定了的。"[①]在道路的选择与取舍当中,这段话包含着多种含义。自1950年中苏签订《中苏友好同盟互助条约》起,苏联政府答应以技术成套设备进口的形式,援建国内有色金属、化工、机械、煤炭、电力、钢铁和军工部门的50个重点项目,这也是156项当中的第一批项目,并在1953年完成了合同的68.7%;同时,小农经济因其一家一户生产方式的局限性,与它虽可能却难以走上的资本主义道路的历史命运,也被互助合作的道路所替代。因此,一方面是社会主义前景获得了可预见的基础,但具有资本主义萌芽的小农经济却又处在彼时社会主义起步阶段的现实当中,这些客观因素皆成了柳青置身于社会主义起点的现实主义成分,同时也是他试图在88%的农民小有产者当中创造"无产阶级文学"的挑战。

从这个角度来说,《创业史》中"社会主义现实主义"的主篇章正是从梁生宝解决"活跃借贷"失败,带领互助组成员进终南山伐竹编扫帚开始的。"活跃借贷"的用意是发动余粮户借钱给困难户来防止春荒时期高利贷的发生,其本质恰是与高利贷这一农村传统的封建剥削形式进行斗争。而这样看来,梁生宝的办法明

---

① 《毛泽东年谱(一九四九——一九七六)》(第2卷),中央文献出版社2013年版,第177页。

显高明很多，他不仅阻止了高利贷剥削的重现，同时又将互助组嵌入了一个更为广阔的整体性框架当中：

> 互助组长腰里这时装着二百五十块硬铮铮的人民币！好家伙！梁生宝破棉袄口袋里，什么时候倒装过这么多钱嘛？没有！这是他在黄堡镇同区供销社订扫帚合同时，预支的三分之一扫帚价。这个喜出望外的事情，一下子给他精神上注入了一股新的力量。他拿着供销社开的支票，往人民银行营业所走的时候，脚步是那么有劲。他脸上笑眯眯的，心里想：嗬！有党的领导，和供销社拉上关系，又有国家银行做后台老板，咱怕什么？他取出款，小心翼翼装在腰里。这些票子所显示的新社会意义，使他浑身说不出怎么舒帖的滋味。①

从金圆券到人民币，梁生宝心里的踏实与喜出望外反映出农民从拒斥国民党、南京国民政府的信用，到承认共产党、中央人民政府信用的过程；也是人民政府自新中国成立以来打击高通胀、投机居奇，稳定物价，并以"三折实"②构建国家财政金融基础之后的结果。货币作为一般等价物，它是从商品的生产和交换体系中演变而来的价值表现，从这个意义上来说，梁生宝的互助组与区政府建立了供需关系，于是互助组变成了"商品生产小组"，

---

① 柳青：《创业史》，中国青年出版社2009年版，第168页。
② 三折实，即折实公债、折实储蓄、折实工资。

实现了成规模的手工业商品生产；同时，扫帚将以供销社为纽带交换流通至区县与城市，从而更大程度上提高了商品流通的速度与规模。

在某种程度上，小农经济时期的商品生产与商品流通交换（商业）是羁绊商品经济向前发展的重要因素。按照马克思的政治经济学原理，商品生产以商业的发展为前提，因为商业的出现突破了生产物的直接交换，其发展扩大了交换范围和交换内容，并在这个过程中推动生产本身成为商品生产。简言之，社会化大生产需要以成规模的流通交换作为前提：

> 商人资本的存在和发展到一定的水平，本身就是资本主义生产方式发展的历史前提。1. 因为这种存在和发展是货币财产集中的先决条件；2. 因为资本主义生产方式的前提是为贸易而生产，是大规模的销售，而不是面向一个个顾客的销售，因而需要有这样的商人，他不是为满足他个人需要而购买，而是把许多人的购买行为集中到他的购买行为上。另一方面，商人资本的一切发展都会促使生产越来越具有面向交换价值为目的的性质，促使产品越来越转化为商品。[①]

可见，商品经济发展的前提之一在于市场规模与范围的扩大，

---

① 《资本论》（第3卷），人民出版社2004年版，第364页。

这也意味着要打破地方的狭小市场而拓展至广大的全国性的市场。在马克思所生活的 19 世纪，商业地位的确立已经需要以工业生产力的先进性及其产品生产的规模性作为基础，但在工业革命之前，尤其是真正的工厂手工业时期，"却是商业上的霸权造成了工业上的优势"[1]。马克思将这段时期称作"资本的原始积累"，即是说明殖民制度与海外市场的扩张奠定了西欧国家发展社会化大生产的基础。与之相似，布罗代尔发掘出 15 至 18 世纪盛行于欧洲的"包买商制"，进而强调这种"商人控制生产"的"商业资本主义"模式在流通领域与国际贸易中占据了主要地位。[2]

反观小农经济的流通范畴，农村的交易场所、人烟的凑集之处——"市镇"，可以说在很大程度上反映了地方小市场的繁荣与局限。全汉昇在 20 世纪 30 年代通过对中国的"庙市之史"的考察开了这一领域的先河，而傅衣凌则以"市镇经济""明清时代""江南"作为关键词，规范了这一领域的叙事结构和学术话语。[3] 作为传统中国商业领域的关键之一，"市镇"繁荣于明朝，发端于宋代以前的军镇：在北宋之前，"镇"还不具备商业性质，而是属于县之下的军镇，这些军镇在北宋建朝之后被逐步废除，并逐渐形成了具有商业性质的村市、草市、墟、会、市、镇等等，

---

[1] 《资本论》（第 1 卷），人民出版社 2004 年版，第 864 页。
[2] 包买商制："商人在分发活计时，向工人提供原材料，并预付部分工资，其他部分在交付成品时结清。"引自布罗代尔：《十五至十八世纪的物质文明、经济和资本主义》（第 2 卷），顾良、施康强译，商务印书馆 2017 年版，第 369 页。
[3] 任放：《二十世纪明清市镇经济研究》，《历史研究》2001 年第 5 期。

以便征收"商务税"。①

　　到了明朝，结合生产力进步、番薯的引入、人口的增长等原因，过去临时、定期的集市有了较大的飞跃，全国各地的"集市"开始普遍化，演变为更具有工商业性质的"市镇"，其规模也在江南各府县呈现出"所环人烟者小者数千家，大者万家"的趋势。在这样的趋势之下，"市镇"结合当地特色，甚至发展出了具有专业性的"市镇"，如朱泾"明季多布行，有小临清之目"。"朱家角镇在五十保（松江），商贾凑聚，贸易花布，京省标客往来不绝，今为巨镇。"除此之外，还有以榨油业闻名的浙江崇德石门镇，以及"民多业陶，甓埴繁兴，贸迁日夥"的嘉善千家窑镇。②

　　然而，在"市镇经济"呈现繁荣，商业往来频繁，乃至出现商品的专业化、雇工生产等现象的情况下，却并未使小农经济冲破封建经济的藩篱，反而长期以附庸的地位徘徊不前，其中自然有地主与"市镇经济"交织相错的原因：地主兼营商业，又将商业系附于地主制经济之上，进而扩展其土地、商业、高利贷三位一体的剥削体系，遂使"市镇经济"不可能与封建经济对立发展。但在土改之后，在推翻了封建阶层的农村，基于小农的"市镇经济"是否获得了一往无前的动力呢？

　　市镇的繁荣景象也出现在《创业史》中，由于土改之后的余粮户大大增多，皇甫乡的集镇也热闹起来，而柳青也通过世富老

---

① 蒋兆成：《剖析中国的封建市镇》，《学术月刊》1982 年第 7 期。
② 傅衣凌：《明清时代江南市镇经济的分析》，《历史教学》1964 年第 5 期。

尚未完成的历史

大上集时的生动场景刻画出了属于庄稼人的"贸易自由"：

> 郭世富舒畅极了，笑眯眯的。他心里想：你共产党做买卖可真是外行。和开大会一样演说哩！怎么能买下粮食呢？应该学商家的样儿，在袖筒里或草帽底下捏手指头嘛！真有意思，在他们演说的时候，渭源县和西安市来的粮客，却到处蹲下去和牙家捏码子，根本不理那一套。贸易自由嘛！①
>
> ……
>
> 看吧！黄堡桥头这约莫五十步长的粮食市上，现在，到处在议价了。这里在进行一般性辩论，那里在讨价还价；这里在发誓自己是诚恳的人，那里责备对方不公道；……总之，熙熙攘攘，市声冲天。但所有这一切都是必要的吗？这里的一切活动都是欺骗和罪恶啊！损人利己、损公利私的行为，在这里都被商业术语，改装成"高尚的"事业了。穷庄稼人在粮食零售市场上，几升几升或一斗一斗地买粗杂粮糊口，他们从这里找不到乐趣。这里经常给他们准备着苦恼！②

一边是富裕庄稼人在鬼鬼溜溜地交流商情，一边是国营粮食公司在收购粮食，呼吁粜粮食的庄稼人和"牙家"（经纪人）不要

---

① 柳青：《创业史》，中国青年出版社2009年版，第359页。
② 柳青：《创业史》，中国青年出版社2009年版，第365页。

哄抬物价。而世富老大所谓的"贸易自由",就是他与"牙家"高大的默契配合,在凉帽的遮盖下捏手指,最后的成交价格除了郭世富、粮客与高大之外,没有其他人知道。在传统小农经济的范畴中,作为中间商的"牙行制"在繁荣的市镇当中扮演了重要的角色。明清时期江南的"牙行制"颇具规模,如盛泽镇"市上两岸绸丝牙行,约有千百余家,远近村坊织成绸匹,俱到此上市"[①]。许多"牙行"因领取"牙帖"而具有官商的性质和特权,同时又代替官府起到"评物价、通商贾"的作用,从而使得商人能够在流通过程中对农户肆意剥削,汲取商业资本。土改之后的"牙行"摇身一变,在失去官府背景之下转变为乡镇集市上的"经济人",像"牙家"高大一样在个体农户与粮客之间操纵着价格。

但在对商业流通环节的分析中,作为市场主体的汪洋大海般的"农户"是更为关键的研究对象,而对传统小农经济的种种研究过程也呈现出相同的结论,即在狭小范围的地方小市场当中,市镇商品的繁荣不过是成千上万农户家中的余粮和手工织品,且"花布鸡豚粮草果蔬之外,无他奇货"。大商帮在明代出现,商人会馆在清代兴起,这些现象无疑代表着全国性市场的扩大,但许涤新等学者在对长距离贩运贸易的研究中发现,在如南北大运河的贸易中,因为晋冀一带缺粮而需要南粮北运,每年的粮食运输体量达 600 万石,但北方南下的手工业商品规模只能抵偿六分之

---

① 出自冯梦龙的《醒世恒言》中第 18 卷《施润泽滩阙遇友》。

一左右；而规模更大的长江贸易，每年由川、湘、皖、赣运至江浙一带的粮食大约 1500 万石，起初与江浙一带的布、丝、盐、洋广杂货相交换，后来因为上游的人口增加、余粮减少，遂而削弱了上下游的贸易规模。[①]

在小农经济当中，虽然有繁荣的地方性市镇，也有全国性的市场，但一方面是人口基数从明代约 1 亿发展至清道光时期的 4 亿，进而减少了人均耕地面积、加深了农户的集约化生产，使"以副养农""以织助耕"更为牢固。在此基础之上，长距离的贸易扩展变成了粮食的调拨，地区之间难以互为市场。而其中的问题恰如马克思所阐释的那样，商品经济的发展以市场规模的扩大为前提，但与此同时，规模的扩大意味着要将自给自足的小生产者变为依赖于向市场购买生活资料的消费者，由此才能实现商业资本的积累，而这正是小农经济当中，小农业与家庭手工业紧密结合所阻碍的趋势。

马克思曾通过研究鸦片战争之后的中国来分析中国的小农经济制度。他在查阅英国驻广州官员米契尔的报告中发现，自签订《南京条约》到 1854 年这 12 年时间里，在清廷"五口通商"并向英国开放一千多公里海岸线的条件下，英国的对华贸易额不升反降，世界最先进的工厂产品竟然没有原始手工织品的价格便宜，这种令人惊叹的现象正是米契尔与额尔金在中国农村所观察到的。

---

① 许涤新、吴承明主编：《中国资本主义发展史》（第 1 卷），人民出版社 2003 年版，第 698 页。

庄稼人不仅农耕，而且兼营副业；他们不仅梳棉、纺纱，还要织成布匹来把工作进行到底，所以这便可以使他们完全不依赖于市场。正是基于对中国小农经济的观察，马克思甚至断言英国人不可能打开中国市场：

> 正是这种农业与手工业的结合，过去长期阻挡了而且现时仍然妨碍着英国商品输往东印度。但在东印度，那种农业与手工业的结合是以一种特殊的土地所有制为基础的。而英国人凭着自己作为当地最高地主的地位，能够破坏这种土地所有制，从而强使一部分印度自给自足的公社变成纯粹的农场，生产鸦片、棉花、靛青、大麻之类的原料来和英国货交换。在中国，英国人还没有能够行使这种权力，将来也未必能做到这一点。[1]

马克思的预测在一定程度上是正确的，帝国主义的资本入侵并没有从根本上改变小农经济原有的生产方式，但却通过封建阶层和买办势力打开了中国市场。在 20 世纪初，虽然民族工业与包买商制在一定程度上有所发展，但在 30 年代的大萧条中，帝国主义以倾销的方式转嫁危机，使得这些行业处在崩溃的边缘。另一方面，虽然帝国主义的经济入侵在某种程度上"促进"了中国商品经济的发展，但这些表面的经济活跃，无非是在替外资推销制

---

[1]　《马克思恩格斯选集》（第 2 卷），人民出版社 2012 年版，第 847 页。

造品，为他们采购原料。这些经济活动并未让民族商业承担，而是以成立无数大小洋行的形式来当"主人"和"监督者"，最终汲取了商业资本的大多数。这样一种生产方式，被王亚南概括为"广搜各地土产，统办全球货物"。与此同时，正如茅盾在《子夜》中描述的那样，国民党因内战而制造的公债投机热，又为商业资本在高利贷与土地资本之外找到了新的去处。简而言之，中国的商业资本仍然没有转化为产业资本，也没有促进商品的规模化生产。

如果从这一角度来理解梁生宝互助组进终南山伐竹的情节，那么从买工具装备、结队进山、割竹子、扎扫帚到卖扫帚，其中的每一个环节都是以分工合作为纽带。而为了使人们的视线和思虑从自家的土地转移，柳青独具匠心地将终南山的原始森林作为背景：

> 在左近的密林里，老虎、豹子、狗熊和野猪不高兴。它们瞪圆了炯炯的眼睛，透过各种乔木和灌木枝干间的缝隙，注视着这帮不速之客。当三个打前站的人，在这里做搭棚准备工作的时候，这些山口的英雄、好汉和鲁莽家伙，静悄悄地躺在密林里。它们眼里根本瞧不起这三个人，甚至于可能还等待着，看看有没有机会对其中离群的一人，施展一下迅猛难防的威力。可是现在，野兽们明白人类的意图了。这不是三个过路人！这是相当

强大的一群人，到这里不走了。它们开始很不乐意地离
开这不安静的北磨石岔了。①

在此场景之下，我们或许可以联想到在圣日耳曼森林中沉思
的卢梭，他在追溯到人类文明起点的时候发现：四周出没的野兽，
周遭的危机促使众人联合起来，于是人们由"绝对存在"转变为
"相对存在"。而终南山外庄稼人那块私有的土地也被暂且抛诸脑
后了。但对柳青来说，他更大的抱负，则是以光明的手笔先将梁
生宝树立成"买稻种"的"梁伟人"，之后又让他消失在进终南
山伐竹的队伍中，从而开启了互助合作的元叙事。尽管这只是一
支十几人规模的队伍，但它蕴含着柳青对没有剥削的社会化大生
产的向往：它以供销社与互助组建构起一个团结的整体，而不是
大资本与小有产者的分化，不是刘少奇的"养肥猪"政策，也不
是白嘉轩带领族人种鸦片祸害外人的宗法共同体。"梁生宝道路"
正是构筑于这理想与现实之间，但它又是两条生动的个人道路：
一条是"买稻种"的路，一条是进终南山的路。当梁生宝真正被
发现之时，也预示着他将消失的那一刻，因为人们早就如柳青那
样，和王家斌走在了一起。

今天，我们在"新启蒙"思潮逐渐走向颓势的历史条件下，
重读《创业史》，最大的启示也许在于审视梁生宝的觉悟、柳
青的觉悟，也是中国共产党人的觉悟。这种觉悟，就是相信人

---

① 柳青：《创业史》，中国青年出版社 2009 年版，第 309 页。

民，相信中国人民是伟大的人民。中华民族之所以能够在"数千年未有之大变局"中站起来，从根本上说，依靠的就是千百万普普通通的平头百姓。相信人民，坚信"分久必合"是中国历史发展的人间正道，只有真正懂得了这个道理，才能理解柳青和《创业史》。

第四章

传统的现代转变：

重读《白鹿原》

第一节　历史与叙事：《子夜》与《白鹿原》

　　茅盾文学奖作为中国文学最高奖项之一，是中国第一个以个人名字命名的文学奖，包含着"茅盾文学道路"的自身传统、价值和审美标准。

　　茅盾生活在一个社会剧烈动荡的大时代，在大革命的洪流中，茅盾很早就选择加入了中国共产党，并作为中国共产党组织部秘书在上海工作，也为国民党上海执行部执行委员，负责国民党上海党部的党员登记工作。

　　大革命失败后，南京国民政府成立，作为中国资产阶级政权，它所面临的头等大事，就是建立资产阶级性质的现代民族国家，因此国民党政权就必须对地方势力（军阀和"地方革命"军队）进行整编，这就是本书所提出的国民党的"反封建"——以金融资本主义的方式，来克服地方封建割据。

　　今天看来，国民党所采用的"反封建"的方式是高度"资本主义化"的。为什么这么说呢？南京国民政府为了筹措裁军费用，采用了金融的方式、金融的手段，即通过发行公债，来筹集资金。用资本主义的方式革封建军阀的命，这就是国民党的"反封建"。

　　《子夜》的巨大创造性，就在于深刻揭示了这种特殊的反封建进程的失败。因为国民党以金融公债方式筹措的裁军费用，不但没有用于裁军，反而迅速转化为新军阀彼此混战的军费。军阀混战，反过来影响了上海股票交易所的行情。与此同时，国民党为了向西方列强借款，付出了降低进口关税的代价，造成了资本主义工业化对中国农村特别是农村手工业的严重冲击。于是1929年当世界发生资本主义经济危机的时候，中国的经济随即陷入了严重的萧条。

　　国民党虽然建立了南京政权，却没能完成结束军阀割据的"反封建"任务，没能担负起建立统一的现代民族国家的任务。国民党的失败说明，即便借助西方金融资本主义之手，也根本不能克服中国的封建问题，而只能使中国陷入更加严重的现代危机。这是茅盾在写作《子夜》和"农村三部曲"时呈现出的大历史视野。

　　实际上，离开了茅盾极为特殊的视角——"以金融资本主义方式反封建"道路的失败——我们就不能真正说明茅盾的贡献。

　　文学史研究者把茅盾的作品定义为现实主义作品，且一致认为：在20世纪30年代初，茅盾凭借其宏大的视野和细腻的笔触，在畸形的都市与凋敝的乡村之间，通过包纳糅合农民阶级、工人阶级、民族资产阶级、封建地主阶级、官僚买办资产阶级，以及帝国主义之入侵干涉的全景式描写，绘制出由《子夜》和"农村三部曲"构成的小说史诗，进而开辟了"五四"以来的现实主义文学传统。瞿秋白曾评价道："一九三三年在将来的文学史上，没有疑问的要记录《子夜》的出版。""这是中国第一部写实主义的成功的长篇小说。"① 而日本的评论家筱田一士，也将《子夜》列入其推荐的 20 世纪 10 部世界文学名著之中。

上述这些评论当然都是正确的，但所谓现实主义，首先意味着创造性地观察社会问题的视角。而文学史上的这些评论，恰恰没有揭示出茅盾观察中国社会和现代进程的视角——他的视角究竟特殊在哪里、他的创造性究竟体现在哪里。

有人认为，茅盾关注的是"社会"而不是"个人"。然而，在笔者看来，茅盾的视角恰恰是非常特殊的、"个人"化的，正是由于茅盾将对中国社会性质的深刻思考纳入自己的观察和反思当中，遂使他将"文艺创造生活"的构想，也建立在了对中国社会性质，乃至社会各阶级的分析之上。而这一构想与文艺实践的目的，正如他当时所说，在整体社会呈现繁杂与碎片化的时代背景里，为"一般市民心目中问题给予一个正确解答"②。以这种理解反观《子夜》与"农村三部曲"的建构，会发现茅盾的现实主义就表现为将个人纳入复杂的社会关系之中，特别是社会经济关系之中，力图从唯物史观的角度，寻求个人命运的突破和解决。

茅盾的视角不是一般意义上的马克思主义经典作家观察中国问题的视角——实际上，如果从马克思主义经典理论的视角看，

---

① 瞿秋白：《〈子夜〉和国货年》，《申报·自由谈》1933 年 4 月 2、3 日。
② 茅盾：《我走过的道路》（上），人民文学出版社 1997 年版，第 521 页。

就会如陈独秀所指出的那样：中国革命，需要依靠"革命的资产阶级"；南京政权的建立，恰恰标志着资产阶级革命的胜利，南京政权以资本主义的方式反对中国的封建主义和封建势力，这反而是"进步"的、是符合历史唯物主义的。

正是从这个意义上，我们才能真正看清：茅盾的创造性恰恰在于，他极为独特地揭示出：依靠中国资产阶级，依靠国民党政权，靠国民党政权所采用的"先进的资本主义金融手段"，不能完成中国资产阶级革命的任务。

从这个意义上说，茅盾的创作，恰恰并不符合一般的马克思主义经典叙述。

中国资产阶级不能完成资产阶级革命的任务；中国资产阶级不能完成建立现代资产阶级民族国家的任务；中国的混乱与灾难，也不可能因为南京资产阶级政权的确立，随着上海金融资本市场这种"顶层设计"的建立而得以平息。随着南京国民政府的成立，中国社会并没有成为资产阶级社会或者资本主义社会。那么，问题来了，大革命失败之后中国社会究竟是个什么性质的社会？中国该向何处去？

茅盾所开创的现实主义，就是通过叙述历史来创造历史。

随着中国社会性质论战的发展，毛泽东《中国革命和中国共产党》《新民主主义论》等文章著作的发表，逐步确立了中国社会"半殖民地半封建"性质的论断。这既印证了茅盾深刻的洞察力，同时又展露出他对马克思主义学说在"民族形式"构建方面的贡献。本书前面部分曾经将茅盾文学创作与王亚南的经济史研究相互参照。王亚南作为《资本论》的译者之一,擅长运用《资本论》的观点和方法来分析中国的经济问题,而这一努力的重大成果,就是他在 20 世纪 40 年代"民族形式"的实践中创作而成的《中国经济原论》。用他自己的话来讲,这是一部"专为中国人攻读的政治经济学"。这部作品也被学术界誉为具有"中国的、实践的、批判的"三大特色的"中国的《资本论》"。

这种参照式研究,就是为了将茅盾的创作置于更加细致的历史分析中去阐释。这种参照式的研究可以涉及各个方面,笔者在此不做具体的展开。[①]通过互义式的阅读可以发现,土业南的《中国经济原论》中除却新纳入的抗日战争爆发后中国经济形势的变化之外(如日本侵占了多数港口,导致商业资本向土地资本转化等),其余皆可与茅盾所描绘的"都市—乡村"景象互为表里。这也说明,"茅盾文学创作"包纳了马克思主义政治经济学的"中国化"。这一"中国化"所指的中国的现代进程,远不是用"封建主义""资本主义"的概念和范畴所能解释的,也不是能被"封建主义—资本主义"的简单逻辑关系所包纳的。

作为茅盾文学奖获奖作品,《白鹿原》的成功也被视为现实主义的回归。但是,正如作者陈忠实所指出的,他所理解的现实主义首先也在于表现自我,即展示作者独特的观察社会、历史的视

---

① 张宇奇:《王亚南与〈资本论〉》,《中国青年杂志》2021 年 4 月号。

角。离开这个独特的视角，我们同样不能解释《白鹿原》的现实主义成就所在。

20世纪90年代，"陕军"作家领袖陈忠实在几经波折之后，凭借小说《白鹿原》获得第四届茅盾文学奖，了却了他通过一部作品为自己"垫棺作枕"的愿望。作者将视野聚焦在关中大地之上的白鹿村，通过白、鹿两家三代人自清朝末年至新中国成立初期所历经的社会变迁与恩怨纠葛，展现出一幅传统农耕文明在现代进程中婉转曲折的苍劲画卷。

如果说在茅盾开创的现实主义传统中起码包含着三种观察中国的视角——中国传统的、西方资本主义的、马克思主义（革命）的视角，那么，在《白鹿原》中，无论是西方资本主义的视角，还是革命的视角，都不过是外在的视角，都是被叙述出来或者被人为"讲出来"的视角，而只有中国传统的视角，才是"不用讲，每个中国人心里都有"的视角。

如果说茅盾所开创的现实主义是通过叙述历史来创造历史，那么，在陈忠实那里，历史就根植于人心之中。人心自古就是没有改变的，根植于人心的历史也不会被改变，当然更不会被叙述所改变。正是这种视角，《白鹿原》某种程度上颠倒了"茅盾文学"的传统：一位腰杆硬挺的白族长，以一部《吕氏乡约》固守着白鹿原的水土，在用一种"子不语"的面世态度将外部世界带来的扰动视作"怪力乱神"的同时，潜移默化地将白鹿村村民的"心"镶嵌在古老的关中土地之上。

白嘉轩的鲜明之处就在于：对他来说，历史上发生的一切都是传说，都是故事，都是过眼云烟，都是"叙事"，而只有那颗农民的心才是亘古不变的。于是，在白孝文讽刺鹿兆鹏招收黑娃去"农讲所"时，白嘉轩告诫他"凡事看在眼里记到心里"；当黑娃在白鹿原上掀起"风搅雪"的农民运动时，白嘉轩则踏着轧花机，强调如何过好自己的日子才是正经；当鹿子霖儿媳妇因公公的不检点而受辱冤死的时候，白嘉轩心知肚明却不做裁决。作为族长的白嘉轩，对村里的传言保持着听而不闻的态度——在他看来，一切都是一阵风，刮过去就过去了。

在诸如此类的一系列情形中，不论白族长是否真正清醒或理解，他始终以坚守内心"正道"的方式，杜绝一切"外邪"的入侵，又始终如一地坚守着这样的准则：

> 世上有许多事，尽管看得清清楚楚，却不能说出口来。有的事看见了认准了，必须说出来；有的事至死也不能说。能把握住什么事必须说，什么事不能说的人，才是真正的男人。[1]

叙事不能改变历史，无论是西方的叙事、革命的叙事，还是现代资产阶级的叙事，都不能。真正能够代代传承的，是张载所说的人心。心不变，道不变！在这一点上，朱先生与白嘉轩也有

---

[1] 陈忠实：《白鹿原》，人民文学出版社 2019 年版，第 508 页。

着某种相似。譬如，朱先生在烈日下穿泥屐暗示人们即将下雨却又不直言；他夜观天象算准来年适合耕种的作物，却因"天机不可泄露"而不为外人道。正是这样的条框与"正道"支配着白嘉轩与朱先生的行为举止。陈忠实将其称作"超稳定的心理结构"。也恰如作者在蓝田抄录张载手订的《乡约》时兴奋地发现："这个《乡约》里的条文，不仅编织成白嘉轩的心理结构形态，也是截止到上世纪初，活在白鹿原这块土地上的人心理支撑的框架。"[①] 因而中国的现代进程只能是将这些稳定的心理支撑击垮，使之无可避免地沦为故事和传说。

很明显，这是传统儒家的一种强"内圣"而弱"外王"的体现。朱先生作为被陈忠实神化的人物，同时又活在作者童年听到的由父亲讲述的神秘故事里，所以这一人物自然承载了作者对传统儒学理念的向往。族长白嘉轩则是传统儒学理念在现实中的执行者，也是践行宗族文化的道成肉身。正如一些评论家指出的那样："这样的书写意识，使《白鹿原》上承八十年代'寻根'文学余响，下应九十年代'儒学热'潮流，从家族宗法制的变迁透视现代史的演进，在历史震荡中揭示民族顽健的奥秘"[②]。

同样是处在大时代，茅盾的立场是"变"，是以叙事去创造和探索历史，而陈忠实的立场则是"以不变应万变"——历史根

① 陈忠实：《〈白鹿原〉创作手记》，李建军：《陈忠实的蝶变》，二十一世纪出版社 2017 年版，第 341 页。
② 张林杰：《〈白鹿原〉：历史与道德的悖论》，《人文杂志》2000 年第 1 期。

植于不变之人心，历史不会被叙事所改变。

从小说的创作时期来看，《白鹿原》于 1988 年 4 月至 1989 年 1 月完成草拟，又从 1989 年 4 月至 1992 年 3 月完成终稿，这为期四年的创作阶段，恰是国内的文化、政治、理论等领域发生重要变化的时期。虽然《白鹿原》的创作和出版处在时代巨变的关口，但陈忠实既没有像茅盾一样"创造生活"，也没有像柳青一样"塑造新人"，而是在"反封建"不断嬗变的时代背景下，以固守传统的方式，表达出作者心中的"应然"。

第二节　马克思主义、西方经验与中国传统

怎样认识中国？怎样认识中国历史与中国社会？近代以来，围绕着这一根本问题，形成了三个主要思想或者话语资源：马克思主义、西方经验与中国传统。

其中，马克思主义与中国传统之间的关系，始终是中国思想界、学术界所关注的极为重要的问题，每一次重大的历史转折背后，都存在对这一问题的深刻探索。

1977 年，"文革"后期复出主编《历史研究》杂志的马克思主义理论家黎澍，发表了《评"四人帮"的封建专制主义》一文。文章一方面批判研究"儒法斗争史"是政治骗局，同时又指出了

"四人帮"的统治实质是"利用地主阶级的封建专制统治"①。学界普遍将黎澍观点的提出当作"最早看出了'文革'的'封建'本质"的标志。黎澍在当时也进一步呼吁理论界批判"封建主义"，并试图通过对政治领域的反思，推动历史研究领域对"五四"传统的"反封建"思想进行重新解释。

作为历史学家，黎澍将"批儒评法"指作政治骗局的原因，与当时的历史分期（"三代"为"奴隶制时期"，自秦至清为"封建时期"）有关。在他看来，"四人帮"批判孔子的用心立意，就是将孔子视作复辟"周公""周礼""反现代"的代言人，并以此"批儒"。但是，借"批儒"而"评法""尊法"，却同样落在封建范畴之内，因为"批儒"并不能以"尊法"为目的，更不能把"法家"作为历史前进的代表。与此同时，黎澍又指出了法家有"严刑峻法的专政""暴政""奖励耕战""抑制工商"等弊病，儒、法两家同姓"封建"，法家则更为"专制"。所以，站在法家的立场"批儒"，绝不同于"五四"时期的"打倒孔家店"。通过这样的思考，作者在思想文化领域内，将"反思'文革'"引向了"反封建"的方向。②

1980 年 8 月 18 日，邓小平发表关于《党和国家领导制度的改革》的谈话，即"八一八"讲话。在这篇具有重要历史意义的

---

① 黎澍：《评"四人帮"的封建专制主义》，《历史研究》1977 年第 6 期。
② 参见王学典：《"八十年代"是怎样被"重构"的？——若干相关论作简评》，《中国图书评论》2012 年第 2 期。

讲话中，邓小平开诚布公地指出党内存在的官僚主义、权力过分集中、家长制等现象，并指出这些现象都与封建主义思想密不可分。

基于党内现存的问题，邓小平提出：必须将"继续肃清思想政治方面的封建主义残余影响"作为当前主要任务，而落实的重点在于制度建设，即是"切实改革并完善党和国家的制度，从制度上保证党和国家政治生活的民主化、经济管理的民主化、整个社会生活的民主化，促进现代化建设事业的顺利发展"①。

总的来看，自黎澍等人指出"文革"的"封建"本质之后，他们的观点虽然引来不少批评，但整体而言，还是站在社会主义的立场来批判"封建主义"的残余，进而要求以完善和发展社会主义基本制度的方式，同"封建主义余毒"进行斗争。例如，黎澍认为："中国所面临的不但有无产阶级同资产阶级的矛盾，而且有社会主义同封建势力的矛盾……在中国的社会条件下，社会主义制度如果不能牢牢地站稳脚跟，就必定倒退到封建主义。"②在某种程度上，邓小平的"八一八"讲话就是对之前争论的收束，进而将"反封建"的议题上升为中央精神，遂而也在学界造成了广泛的影响。

除了马克思主义与中国传统之间的关系，另外一个问题则是马克思主义、中国传统与西方现代发展经验之间的关系。

---

① 《邓小平文选》（第 2 卷），人民出版社 1994 年版，第 336 页。
② 黎澍：《评"四人帮"的封建专制主义》，《历史研究》1977 年第 6 期。

改革开放，需要大量借鉴西方的现代管理经验，这不仅是一个意识形态的合法性问题，而且还牵涉到改革的具体路径问题。中国的改革需要开放视野，具体的改革措施离不开建言、建议、探索。在这个背景下，产生了一个与一般意义上的意识形态相对应的词——"软科学"。

1986年，《人民日报》头版刊登了《万里在软科学座谈会上讲话强调 政治体制改革重要课题 实行决策民主化科学化》的文章，其中报道说：万里在强调"决策的民主化和科学化"的同时，一方面指出了执行"双百"方针不可脱离马克思主义指导，同时，另一方面也提出"决不能在维护马克思主义'纯洁性'的借口下，把当代人类创造的许多新理论、新成果当'糖衣炮弹'、异端邪说而拒之门外，而要通过实践检验，把一切真正科学的东西吸收过来，不断丰富马克思主义的理论"[1]。万里的这次讲话与根据讲话修订而公开发表的这篇文章，也成为部分学者重新阐释马克思主义的一种契机。

万里关于"软科学"问题的讲话，重点在于强调"软科学"作为"为各级各类决策提供科学依据、为领导决策服务"的系统研究体系，以使学术研究为改革服务。这一讲话，触及了邓小平所指出的：经济改革一手硬，意识形态一手软的问题，包含着不能靠背诵马克思主义教条、词句来指导改革的思考，但却被一些

---

[1] 《人民日报》1986年8月1日。

尚未完成的历史

人视为官方转变意识形态的信号，遂而在 80 年代中后期造成了严重的思想混乱与意识形态危机，即所谓的"资产阶级自由化思潮"。为了重新整合意识形态资源，重新维护传统成为当务之急。

在 1989 年的"国庆"讲话中，江泽民特别强调要摒弃简单化地对待中西文化的两种错误倾向，首次提出反对"历史虚无主义"：

> 要积极吸收我国历史文化和外国文化中的一切优秀成果，坚决摒弃一切封建的、资本主义的文化糟粕和精神垃圾。当前在这个问题上，要特别注意反对那种全盘否定中国传统文化的民族虚无主义和崇洋媚外思想。[①]

在次年纪念"五四"的讲话中，江泽民进一步颂扬"优秀文化传统"，并指出，进行现代化建设必须继承发扬优秀传统文化：

> 中华民族历史悠久，我们的祖先在这块土地上创造了灿烂的物质文明和精神文明，形成了具有民族特色的文化传统，为人类文明作出了卓越的贡献……我们的社会主义现代化建设，需要继承和发扬中华民族的优秀文化传统。[②]

---

① 《在庆祝中华人民共和国成立四十周年大会上的讲话》，《人民日报》1989 年 10 月 2 日。
② 《江泽民文选》（第 1 卷），人民出版社 2006 年版，第 123—124 页。

正如李泽厚敏锐地指出的那样，真正地对"资产阶级自由化"思潮形成强有力阻击的乃是传统文化的复归，（但）在经历了"清除精神污染"运动之后，随之而来的以"反传统"为内涵的"文化热"，有着重建意识形态合法性的重要意义。李泽厚在后来又多次指出，"文化热"当中"实际上包含很多政治内涵"，它"后面的潜台词是政治，讨论者是不是就（能）自觉意识到，那是另一个问题"[①]。

而在当时已有研究者指出："1984年以后，理论界的文化讨论，有一个明显的方向性转变。……研究问题的出发点已经转移，开始转向现实，讨论的主题是怎样认识当代中国社会。……研究的重点转向近现代，转向中西文化比较研究，转向对中国传统文化的总体反思。"[②]

在这样的历史背景下，以1984年成立的中国文化书院为代表的传统文化与儒学复兴逐步发展为20世纪90年代的"国学热"。

李泽厚在20世纪80年代初期指出了孔子是奠定了以"仁"为思想系统中心的第一人，并认为孔子通过以"血缘、心理、人道、人格"为要素的"仁学思想体系"铸造了中华民族文化、性格层面的"心理结构"；另一方面，他在20世纪80年代中期"救亡"与"启蒙"的范式中，以在"重新估定一切价值"的基础上"继

[①]　李泽厚、陈明：《浮生论学——李泽厚　陈明2001年对谈录》，华夏出版社2002年版，第123—124页。
[②]　吴修艺：《中国文化热》，上海人民出版社1998年版，第21页。

承、解释、批判和发展传统"的"转换性创造"这一论述，[①] 也就是说——通过传统的"转换性创造"，中国可以走上现代之路。

然而，尽管李泽厚在"现代化"的意义上维护了"传统"，但他立论的前提却将"革命"视为不必要，因为在传统与现代之间有一个现成的桥梁，这就是他所说的"启蒙"。"启蒙"所依靠的是社会的精英力量，中国社会的现代转化问题在李泽厚看来，其实就是传统社会精英的现代转变问题，而"革命"则是抛弃了社会精英，去依靠劳苦大众；然而依靠劳苦大众，固然可以解决"救亡"的问题，但却不能解决中国社会的现代转化问题。

从上述背景的分析可以看出，《白鹿原》并不是凭空产生的，如果没有李泽厚关于"心理结构"、传统的创造性转化的理论，可能就不会有陈忠实如此独特的视角。我们可以认为，80年代末至90年代初的思想转折为此后发生的一系列经济、理论、文化的发展开辟了新格局。有学者将这一阶段的政治叙事的转变概括为从"自由民主、反封建专制"到"以人为本、执政为民"，而在"反封建"逐步式微的时代背景下，《白鹿原》的书写在某种程度上契合了时代的主题，应运而生。

从这个意义上说，《白鹿原》是一部深刻地体现了20世纪80年代思想印记的作品。

20世纪80年代的思想运动深刻地影响了中国的发展，但是，

---

① 参见李泽厚：《中国现代思想史论》，生活·读书·新知三联书店2008年版，第39—46页。

它遗留了一系列严峻的问题，其中最为关键的则是——究竟怎样实现中国传统的现代转化。在中国的现代进程中，中国的社会结构，特别是中国基层的社会结构，究竟是否发生了变化。换句话说，难道中国基层的社会结构，如《白鹿原》所描述的那样，没有发生任何变化，还是发生了根本性的变化？中国基层的社会结构，作为中国传统的内核，究竟是什么？这是我们深入解读《白鹿原》必须面对的一个问题。

第三节 新儒学乡治论：基层组织化问题

一、"乡"与"党"：宋代新儒学与朱先生的形象

传统的现代转化当然不是一个思想与理论问题，但思想与理论的转变，则是非常重要的。

在 20 世纪 80 年代"反传统"的另一边，有着对传统文化与儒学的推崇。传统文化的研究者兼通中西学，就学养而言，比西化派更为强大。

譬如，由冯友兰、张岱年、汤一介等学者在 1984 年创办的中国文化书院，于 1986 年举办了"中外文化比较讲习班"，邀请季羡林、周一良、汤一介、杜维明等 18 位学者进行演讲，儒学作为讨论的热点问题之一而备受重视。1985 年 6 月，"中华孔子研

究所"在北京成立，并在随后召开的"孔子思想学术讨论会"中，以"正确地看待历史上的'尊孔'与'批孔'和科学地评价孔子"为议题，从多方面阐述了当前研究孔子和儒学的现实意义。该研究所后更名为"中华孔子学会"，并致力于孔子和儒学的研究和传播，其多次召开的学术讨论会均涉及当代新儒学研究的问题。

但是，更为重要的，还不是80年代的儒学复兴演变至90年代的"国学热"，而是一系列现实变革，其中包括从"离土不离乡"的乡镇企业发展到"离土又离乡"的城镇化进程，进而再到80年代末期所逐步开始推行的"乡村自治"。

1987年11月24日，时任国家主席李先念宣布，《中华人民共和国村民委员会组织法（试行）》已由中华人民共和国人大常委会通过，并于次年6月1日试行。彼时的彭真在医院语重心长地说道："在基层，有人管农民，但群众怎么管干部，怎么管乡政府，没有规定，民主不完备，要彻底解决这个问题。要强化民主管理，要搞法制监督。"①

"乡村自治"，对于中国社会基层的社会组织结构而言，乃是一次极为重大的变革。

今天看来，实行"乡村自治"的出发点是好的，是希望农民自己管理自己。但是，改革实行以来也暴露出一系列严峻问题，那就是农村的公共事务无人管。随着基层组织的虚化与解体，基

---

① 田园：《中国农村基层的民主之路（上）》，《乡镇论坛》1993年6月。

层的财政极为困难，"三农"问题随之发生。

这一改革从经济含义来看，则如温铁军所说：农业由于相对"不经济"而在改革初期被财政率先"甩包袱"，这一改革的客观结果，"是政府这个'经济主体'在农业生产领域退出，并且沿用'打补丁'政策在农村构建了自收自支的基层政府的治理体系"，而1986年财政部下发《乡（镇）财政管理试行办法》，虽然名义上将乡镇财政预决算正式纳为国家统一管理，但实际上，则是要求乡镇政府自行统筹，这也可以看作政府通过向农村基层政府下放收费权，甩出维持基层政权运行的财政负担的一项制度交易。①

在某种程度上，财政"甩包袱"与"乡村自治"互为配套，正是因为基层组织运行的困难以及基层事务的繁重。原有的基层组织大规模解体，而它又为新儒学的实践开辟了想象空间。

简而言之，当中国革命形成的农村三级管理体系被村民自治所代替之后，从传统的角度来讲，重新恢复中国基层农村的家族、乡约制度就成为一种想象性的替代方案。

如果以此为背景来反观《白鹿原》的写作，可以发现，《吕氏乡约》是以插入的方式"突兀"地在白鹿原上出现的，在朱先生"劝退"围攻的清军、集大义凛然与百般神奇于一身之后，面对白嘉轩"没有了皇帝的日子怎么过""皇粮还纳不纳"等诸多问题，

---

① 参见董筱丹、温铁军：《宏观经济波动与农村"治理危机"》，《管理世界》2008年第9期。

朱先生递出了他的手抄《乡约》:

> "发为身外之物,剪了倒省得天天耗时费事去梳
> 理……唯有今后的日子怎么过才是最大最难的事。我这
> 几天草拟了一个过日子的章法,你看可行不可行?"白
> 嘉轩接过一看,是姐夫一笔不苟楷书的《乡约》:
>
> ……
>
> 白嘉轩当晚回到白鹿村,把《乡约》的文本和朱先
> 生写给徐先生的一封信一起交给学堂里的徐先生。徐先
> 生看罢,击掌赞叹:"这是治本之道……"
>
> ……
>
> 白嘉轩又约请鹿子霖到祠堂议事。鹿子霖读罢《乡
> 约》全文,感慨不止:"要是咱们白鹿村村民照《乡约》
> 做人行事,真成礼仪之邦了。"①

通过这一系列"感染性"的描写可以发现,"乡约"几乎具有
当年"红宝书"的作用。在"关中学派最后一位传人"朱先生所
生活的白鹿村里,众人在此之前,竟然皆不知《乡约》为何物。
众人之前的生活规范,不过是白族长的体罚、规训。在这里《乡
约》恰恰是作者通过朱先生确立的意识形态合法性内核。

在朱先生拿出《乡约》之前,白鹿村刚刚遭受白狼的侵扰,

---

① 陈忠实:《白鹿原》,人民文学出版社 2019 年版,第 85—86 页。

白嘉轩敲锣号令村民修补残破的围墙。所以，在这段"修"与"立"的叙事里——"皇帝没了""白狼入侵""修围墙""立《乡约》"——一系列情节不仅暗示着白嘉轩心理结构的防护机制已经启动，同时也使朱先生与白嘉轩自然地走到了一起——《乡约》的化身与宗族的代表联起手来。在隔绝政治等外部因素干扰而围造出的"独立王国"中，这一场景所传达的，正是宋代新儒学中"乡治"的回归，也是作者所刻意建构的意识形态症候式的表达。

"传统的创造性转化"，当然不是今天才有的命题。说到"传统的创造性转化"，起码有两次：从商周的"封建"到"郡县"是一次转化，而从隋唐的均田、府兵制度到宋代的士大夫—地主制度，又是一次转化。宋代的这次转化，突出的表现为以基层的"自治"取代国家的"治理"，而宋代的新儒学，则是这种"传统的创造性转化"的意识形态表述。

按照陈寅恪的说法，宋代新儒学的兴起，才可以被称为中国思想史上的"一大事因缘"。它不仅接续了先秦儒学传统，并对其进行了转换性创造，同时，也为近现代新儒学反思"现代性"提供了文化资源。其中的缘由在于，宋代士大夫对文化、政治和社会等层面提出的革新要求，其核心，就是用"乡约"来替代"国法"，用家族、宗法制度来替代国家的邢名责罚。这实际上源于一种"礼乐／制度"分化的内在视野，而这一视野的根源在于对"三代"时期"礼乐／制度"合而为一的认识，由此而产生出诸如欧阳修等人的感慨："由三代而上，治出于一，而礼乐达于天下；由三代而下，治出于二，而礼乐为虚名"。①

国家以国法、簿书、狱讼、兵食为政，这是"治民"；而士大夫和地主依靠乡约治理基层，这就是"民治"——对于"礼乐为虚名"的具体含义，欧阳修自己概括得很清楚：

> 及三代已亡，遭秦变古，后之有天下者，自天子百官名号位序、国家制度、宫车服器一切用秦，其间虽有欲治之主，思所改作，不能超然远复三代之上，而牵其时俗，稍即以损益，大抵安于苟简而已。其朝夕从事，则以簿书、狱讼、兵食为急，曰："此为政也，所以治民。"至于三代礼乐，具其名物而藏于有司，时出而用之郊庙、朝廷，曰："此为礼也，所以教民。"②

简而言之，问题的根源在于秦所带来的"大一统"，"车同轨""书同文"、统一"度量衡"等，这些造成的就是国家专制，由三代"礼乐达于天下"而变成了"秦制达于天下"。礼乐制度不断被国家制度架空，而"法家"思想的强势确立使得儒家安身立命的礼乐变成了形式上的敷衍。贬低秦、汉、唐之制而向往"三代"的倾向在宋代的士大夫阶层中成为普遍。它表现为士大夫—地主阶层与皇权的对抗，更表现为把持基层的地主对于国家的抗衡。

---

① 欧阳修：《新唐书·礼乐志》，《中华书局》1975 年版，第 307—308 页。
② 欧阳修：《新唐书·礼乐志》，《中华书局》1975 年版，第 307—308 页。

这种以家族为本位、对抗国家专制的思想，在当代中国的语境下，采取了"自由主义"的表述，在20世纪90年代成为逐步复归的一种观念，宋代的地主制度就这样与西方的"自由主义"接轨——如李慎之等人所认为的以儒家思想为指引的中国的封建，未必抑制自由，"历览前史，中国的封建时代恰恰是人性之花开得最盛最美的时代，是中国人的个性最为高扬的时代"。而其实质便是以"礼乐"的行效为标准来区别"三代"与秦至清，进而赞颂理想中的"封建"。

宋代的"民治"当然不是基层百姓的自治，其实质上就是地主对于基层的统治。所谓的"三代之治"，不过是一种反抗郡县国家的说辞，而对于宋代的士大夫阶层来说，他们意识到时势的变化，所以也注意到在新的历史条件下不能简单地重复"三代"之治。例如，王安石在《上仁宗皇帝言事书》中所说："夫以今之世，去先王之世远，所遭之变、所遇之势不一，而欲一二修先王之政，虽甚愚者，犹知其难也。然臣以谓今之失患在不法先王之政者，以谓当法其意而已。"王安石所注重的"法其意"，一方面认可了"三代"礼乐的本质已在时势的流变中瓦解，同时也表露出礼乐的重建必然要遵循时势的变迁，依照现实而辅以"时措之宜"。在这一方面，张载的表述是更为清晰的，"礼即时措时中见之事业者，非礼之礼，非义之义，但非时中者皆是也"[①]。

---

① 张载：《张载集》，中华书局1978年版，第264页。

张载与王安石都未停留在文化理想层面，两人皆具有一种实践的倾向。王安石得到宋神宗鼎力支持推行变法，实现了抱负；张载的仕途却并不顺利，于是便产生了"纵不能行之天下，犹可验于一乡"的想法。这一想法被张载的弟子吕大钧继承，而吕大钧也正是《吕氏乡约》的开创者之一。

吕大钧等人以"自愿结合"的形式与乡绅定约，并力图将《乡约》推广，但效果在北宋并不显著，反而招致许多批评。

在此，我们需要注意的是，《乡约》作为宋代新儒学"乡治"的一面，它还有着更为重要的另一面：由于土地"不抑兼并"是宋代国策，提倡基层自治就可以有效抑制土地兼并。

如张载曾在《经学理窟》的《宗法》一篇中所说：

> 宗法不立，则人不知统系来处。……宗子之法不立，则朝廷无世臣，且如公卿，一日崛起于贫贱中，以至公相，宗法不立，既死，遂族散，其家不传。……如此则家且不能保，又安能保国家。[1]

此文被视作"宗法"一词的基本出处，它也反映出时势之变所带来的必然现实：在宋朝土地"不抑兼并"的政策下，"宗法"从政治层面起到了维系宗族、世家大族的作用。当小农的土地面临兼并危险的时候，他们可以投身于宗族，以求保护。乡约之下

---

[1] 张载：《张载集》，中华书局1978年版，第259页。

在同族内部出让土地使用权，依然可以保留土地所有权，这就是《白鹿原》中所反复写到的"白契"交易。

制止土地兼并，不仅保护了小农，更关乎朝代延续、国家安危。张载、程颐等人推崇"收宗族，厚风俗，使人不忘本，须是明谱系世族与立宗子法"[①]，南宋时期的朱熹也同样强调"明谱系，收世族，立宗子法"的必要性。它们目的皆是为了增大和巩固地主阶层的向心力与价值伦理。更直接地说，宋代的士大夫本身也属于地主阶层，地主豪族的兼并被他们视作汉代亡天下的根源。士大夫地主，则被视为"仁政"的化身、基层的组织者，这种乡绅制度，被视为为国守财戍边、输纳贡赋的优良之选。

家乃是国之根基。于是，"家族—宗法"制度，乃是"王朝—国家"制度的基石。聚族而居的生活方式自然要求基层社会具备以"宗法"为支撑的制度与观念。民间的祠堂、祖庙、族谱、族法等皆为其表现形式，而敬祖、孝悌、乡里乡党、同族一气等，也都是宗法观念的体现。

但是，宋代是典型的士大夫时代，精英们的追求依然是做官，而不是做乡绅。因此，事实上，《乡约》在宋代新儒学的范畴中只是宗族、宗法的补充。宋朝的皇帝"与士大夫治天下"，所以士大夫阶层以"格君心之非"、以"致君尧舜上"为政治焦点，却少有致力于推行《乡约》的。《吕氏乡约》作为一种构建小型"礼

---

① 张载：《张载集》，中华书局1978年版，第259页。

乐共同体"理念的源头，之所以能够延传后世，梁漱溟在他的"乡村建设"思想中将其复兴，乃是因为科举制度的日渐败坏，读书人和社会精英"上进无门"，方才使得组织基层成为一个选择。

时至明朝，"宗族"和"乡约"逐步混为一体，进而普遍发展为有些学者所谓的"宗族的乡约化"[①]。究其原因，明朝士大夫阶层所处的政治生态已经不比宋代，许多社会精英选择远离权力中心而教化一方。于是，"乡约"逐步演变为一种基层职务。至清朝，"乡约首事"更普遍呈现出官役化与体制化的趋势。但这些行政化、体制化的"乡约"往往是胥吏分子，即"土豪劣绅"，因而被现代新儒学所坚持强调的"心性论"所鄙弃。

乡约好比"红宝书"，而朱先生则类似《红旗谱》中的贾湘农，白嘉轩酷似锁井镇上的朱老忠——《白鹿原》与《红旗谱》在人物结构上有很多相同之处。如果说中国共产党人走的是以思想文化去感召基层百姓的道路，那么，朱先生走的同样也是以文化去感召基层百姓的道路。

简言之，在《白鹿原》的文本中，朱先生作为"关中学派最后一位传人"，他所代表的脉络正是从张载、"蓝田四吕"所开辟，进而跨越明、清而至近现代的一条理想化路线。这也是白嘉轩不知道"乡约"可以为官名的恍如隔世，以及白鹿村村民不知《乡约》为何物的原因。在白鹿原上，朱先生与白嘉轩的"联

---

① 参见常建华：《明代宗族研究》，上海人民出版社 2005 年版，第 265 页。

手"，鲜明地体现出了陈忠实选择以宋代的"乡治"范式作为白鹿原的理想模型，而宋代的士大夫所构想又未能实践的，也被陈忠实在新历史主义的文本之中创造出来。

实际上，中国共产党人在革命中所真正践行的，恰恰就是传统的现代转化，特别是在中国社会主义实践中所形成的"三级所有"、三级管理制度。它所对应的，就是中国历史上的"三长制"。三长制，在秦时就是五家为邻，五邻为里，五里为党，党就是乡。在陕西方言里，"乡党"，就是指处于一个基层共同体里的成员。

三长制的核心——乡与党，就是郡县与封建、中央与地方的结合点。"乡"与"党"之所以重要，正如清代陆世仪在《治乡三约》中所说："天下不可不以三代之治治也。不特天下为然，即郡邑且然矣。以三代之治治天下，其要在于封建；以三代之治治一邑，其要在于画乡。乡者，王化之所由基也。"

"乡"关乎"三代封建"之根本。乡，也是郡县国家与基层的结合点所在，没有乡，就没有了党。与其说党要管乡，不如说在中国的语言里，乡就是党，就是把基层组织建在乡上。

只有国家不下乡，只有党与乡分离，只有在乡的组织破产、解体的情况下，"乡治"才转变为宗法制，《乡约》与宗族、宗法才成为颇为关键的"一体两面"。这也是宋代试图构建小范围的"礼乐共同体"的一种制度实验，但是，这种实验从来就没有真正成功。而陈忠实也正是借朱先生与白嘉轩的"联手"，表达出他对"三代封建"复归的期盼。

真正实现了千年未有的"乡"与"党"的一体化,实现了基层真正有组织化的,就是中国革命及其后的社会主义实践。只是当"乡"这级组织名存实亡时,在从基层组织的建立到农村基层组织解体这种视角的变换之下,陈忠实选择以《吕氏乡约》来抚平白鹿原上的"视差",进而在很大程度上改写了原有的革命叙事。这一症候式的表达恰恰反映的是80年代"去革命化"与"去政治化"的意识形态,但也正是通过这种视角反观白鹿原的历史,陈忠实才能感受到牛才子(牛兆濂,《白鹿原》中朱先生的原型)"沉静里的巨大愤怒"。

当我们再次回顾《太阳照在桑干河上》,也许会深刻地意识到,一盘散沙的农村和农民在平分土地时所表现出来的巨大的智慧和令人惊叹的组织能力。这部伟大的作品深刻地告诉我们:靠乡绅地主制度不可能制止中国历史上的土地兼并;只有通过土地革命,才能在中国建立起真正的人民当家做主的基层组织。

作为现代新儒学的开山人物,梁漱溟曾反复引用吕坤的一段话:"为政之道,以不扰为安,以不取为与,以不害为利,以行所无事为兴废起敝。"[①] 他的目的在于说明古代中国不是一种阶级统治——皇帝一人高高在上,只能依赖流动性很强的官吏阶层为其管理百姓。可是官民之间,实际的事务只有纳粮和涉讼,因此,

---

① 梁漱溟:《梁漱溟全集》(第2卷),山东人民出版社2005年版,第177页。

"政简刑清"是古代中国政治的理想境界。

这种理想境界的实践要求真正的"心性论"者必须保持与国家政治的距离，且这种距离的保持绝非一时的权宜之计，它是"心性论"自我发扬的必要前提。

这种视角下中国社会中涌动的半无产阶级与无产阶级注定要被"回收"到朱先生"稳定的心理结构"当中。因为透过朱先生的视角来观察黑娃在白鹿原上掀起的"风搅雪"，这场运动全然变成了黑娃与他的"三十六兄弟"的"痞子运动"，乃至铡头运动。在这个运动过程中，田福贤不断追问鹿兆鹏："一切权力都归了农协，那区分部管啥哩？白鹿仓还管不管了？""既然一切权力都要归农协，那我就得向农协移交手续。"①

令人惊奇的是，鹿兆鹏并没有正面回答这个问题。他放弃了对"农协"的意义予以阐释，而把问题的关注点留给了其他人更为好奇的"一切权力"。于是就应了朱先生那句翻来覆去说的话：白鹿原成了"翻烧饼的鏊子"，把人们翻来翻去，革命成了共产党与国民党之间的权力争夺，反帝反封建的历史意义便在朱先生顺天恤民的情怀中荡然无存。

只有人民当家做主，只有人民是国家的主人，才能使国与家真正融合在一起，才能使基层的组织成为人民的组织。把国与家分离开来，幻想在家族制度之上建立基层组织，所造成的只能是

---

① 陈忠实：《白鹿原》，人民文学出版社2019年版，第199页。

严重的"三农"问题。

在中国传统语汇里，"乡"联系着"党"。党，在传统语汇里，所代表的是以文化治乡的理想，而这种理想，当然也是陈忠实的理想。从这个意义上说，"乡"不仅是一种组织，而且是一种包含文化理想的组织形式。同样，从这个意义上说，《白鹿原》的一个贡献，在于揭示了"乡"与"党"之间的有机联系。它从一个侧面昭示着："乡"与"党"的分离，是当代中国社会面临的严峻问题——虽然作者陈忠实也许并没有真正地、明确地意识到这个问题，甚至他只是为这个问题提供了一个想象性的解决方案，但是，只有看到这一点，我们才能真正发现这部作品所蕴含的潜在能量。

二、被放逐的女性

儒家的乡村治理理想，存在一个巨大的缺陷，那就是把女性排斥、放逐于社会之外。

《白鹿原》对这一问题的揭示是极为深刻的。

关于田小娥这一人物形象的诞生，陈忠实将其称作是自己对《蓝田县志》的"反叛"：

> 一部二十多卷的县志，竟然有四五个卷本，用来记录本县有文字记载以来的贞妇烈女的事迹或名字，不仅令我惊讶，更意识到贞洁的崇高和沉重……这些女人用她们活泼的生命，坚守着道德规章里专门给她们设置的"志"和"节"的条律，曾经经历过怎样漫长的残酷的煎

熬，才换取了在县志上几厘米长的位置。

> 我在密密麻麻的姓氏的阅览过程里头昏眼花，竟然产生了一种完全相背乃至恶毒的意念，田小娥的形象就是在这时候浮上我的心里。在彰显封建道德的无以数计的女性榜样的名册里，我首先感到的是最基本的作为女人本性所受到的摧残，便产生了一个纯粹出于人性本能的抗争者叛逆者的人物。①

除却田小娥之外，白鹿原上的女性大多以无意识的状态扮演着宗法践行者的角色。但被作者赋予反抗意识的田小娥，却无处遁形，又没有出路，因为陈忠实明确地把她定义为"被放逐者"。

所以，从这个意义上说，《白鹿原》无意识地继承了《白毛女》——虽然作者自己没有意识到这个问题，但小娥与喜儿异曲同工，因为她完全被放逐于荒野，因此小娥就如同喜儿一样，有着原始的、自然的抗争精神与意志。

在《白毛女》中，是革命解放了喜儿，或者说，是大春解放了喜儿。但在《白鹿原》中，这个梦却破灭了。革命没有解放小娥，黑娃也没有拯救小娥。于是，与其说田小娥是在努力挣脱封建枷锁，不如认为她在陈忠实的笔下只是充当了80年代"存在主义"、弗洛伊德学说在中国流行的一面镜子。这种流行把"生命的本能和冲动"以及"力比多"的活动作为人的历史的动力，借

---

① 陈忠实：《白鹿原》，人民文学出版社 2019 年版，第 685 页。

以替换"生产"和"劳动"的社会的历史动力。但是，也正是因此，在陈忠实的笔下，田小娥这一"力比多"或是"欲望"的化身，只能成为宗法结构当中动荡的因子。随着众人物的一一回归与获得救赎，她反而成为永远游荡的魂魄。

女性解放，这是中国现代进程的重要内容。回顾"五四"，"人的文学"这一主题几乎主导了新文学最初十年的创作，而它的诞生也昭示着在中国传统文化的母体内，具有现代个体意识的人的胚胎正在孕育成形。1923年，适逢"新文化运动"落潮，当时鲁迅抛出了"娜拉出走后怎样？"这一命题。在鲁迅看来，娜拉的命运不是堕落，就是归来——回到既定的秩序中。

"堕落"与"归来"也成为《白鹿原》中大部分人物的宿命，这一切都是为了最终反衬正气凛然的朱先生和稳若泰山的白族长。因为革命不是出路，革命也不是作者的选项。田小娥从武举人家"出走"后怎么办？在黑娃进山当土匪后，她为什么没有和鹿兆鹏、白灵参加革命？这些似乎都不是《白鹿原》所要解决的问题。当黑娃领着新媳妇在祠堂跪拜的时候，白嘉轩终于再一次体验到了族长的尊严："凡是生在白鹿村炕脚地上的任何人，只要是人，迟早都要跪倒到祠堂里头的。"[①]

革命没有出路，反抗没有出路——这也是为什么鲁迅要说："人生最苦痛的是梦醒了无路可以走。"陈忠实选择背叛《蓝田县

---

① 陈忠实：《白鹿原》，人民文学出版社2019年版，第561页。

志》，力图唤醒田小娥，但他的儒学视角，却使他没有能力让田小娥找到方向。因此，他便只能使小娥借着鸦片与新的"力比多"的引导走向堕落。

对照来看，许多跟田小娥生活在同样年代的女性，也曾出现在革命文学当中，但是，她们又曾将"绝望之于虚妄"化作希望。譬如叶紫的《星》，作者说："因为自己全家浴血着1927年底大革命的缘故，在我的作品里，是无论如何都脱不了那个时候的教训和影响。"这一被"血和泪所凝固着的巨大的东西"持久地萦绕在叶紫的脑海中，使他的笔下没有任何的迷茫。现实对他的层层剥夺成全了他对悲剧的层层构想，而被不断挤压的生命力才能在唯一的出口向着希望迸发而出。

《星》描述的是一个充满陈旧气息的农村，一个异于革命理想世界的"集体"，一个处处能找到平衡感的封闭的封建社会。梅春姐虽是一位年轻漂亮的女性，但她却因丈夫的暴力和嗜赌而备受磨难：男人们"用各种各色的贪婪的视线和粗俗的调情话去包围、袭击那个年轻的妇人"，女人们用窥视、讽刺、鄙夷和同情的语言嘲笑她。而日复一日的打击并没能将梅春姐击垮，因为她能在其他地方找到抚慰："她用她自己的眼泪和遍体的伤痕来博得全村老迈人们的赞扬"，"尤其是对于那些浮荡的，不守家规的妇人骄傲"。

而黄副会长那"星一般的眼睛"会是梅春姐的解脱吗？梅春姐就是这样志忑地走向了她心目中的"革命"，这一"革命"的内涵是以"剪短头发"和"讲新奇事物"的形式展开的。但是，在反动势力反扑之时，黄副会长缺乏冷静应变的能力，最终牺牲得单薄、软弱。到头来，他只是被梅春姐误认的"革命"，他的消逝使梅春姐"一切的生活，都重新坠入了那一年前的，不可拔的，乌黑魔渊中，而且比一年前更要乌黑，更加要悲苦些了！"但是，他又是梅春姐成长的"引子"，他曾为梅春姐解开封建伦理套在人性上的桎梏，同时又为梅春姐营造了另一个悲剧。正是这个悲剧，使梅春姐坚定地意识到，要不惜一切地活下去，而为了活下去，就必须不断抗争。

在小说中，梅春姐的丈夫陈德隆在乡亲们的劝说下将她保释出狱，而她却在之前怀上了黄副会长的孩子。于是，她只能以更大的毅力忍耐着，怀念着黄副会长，幻想着儿子长大能读书写字，"甚至同他那死去的爹爹一样"。直到六年后，丈夫陈德隆在旧石板上看到梅春姐写的两个歪歪斜斜的"黄"字，于盛怒中将孩子抛向田野，最终致死。

为了生存而忍辱负重，因为绝望而奋起抗争，这是广大中国劳动女性的命运，也是现代中国人民命运的写照。只要有梅春姐这样的人在，只要有梅春姐这样坚定的求生信念在，人民就将不断创造历史，就将不断推动历史前进。

正像本书所要揭示的那样，说到中国传统"封建"制度的特色，这种特色最为鲜明之处，就是所谓家国一体，所谓天下大同，乃是建立在家庭"小康"的基础之上。反过来说，离开了国家强大，天下太平，也就没有了家的存在与发展。于是乎——"天下兴亡，匹夫有责"，这就是"封建"与"郡县"、"国"与"家"之间的辩证关系，这就是中国现代转变的重要动力。

用西方意义上的"封建"来表述这种家国一体、去理解这种家国情怀，几乎是不可能的。因此，当夏志清先生把"感时忧国"视为中国新文学的"缺陷"，乃至影响中国新文学世界地位的一种"痼疾"时，与其说他开启了一种新的文学史叙述，还不如说他开启了对于中国、中华文明、中国新文学的一条误解之路。

这就是笔者的一个重要动力，也是重读上述经典作品的一个特殊的视角。

茅盾早就深刻地揭示出，照搬西方的资本主义方式不能解决中国的问题，用金融资本主义的方式"反封建"，也只能加剧中国社会的危机。丁玲则揭示出，当关乎土地这种中国农民最切实的利益的时候，中国农民的阶级意识如何形成，中国的基础组织如何确立。而在柳青的视野里，家与国，是那样自然地重合起来，中国革命和社会主义道路，实现了中国传统的"创造性转化"。在他的笔下，社会主义立足中华文明的底蕴，是中国普通劳动者的选择。

今天，我们清醒地认识到：发展起来的中国，依然存在着发展的不平衡、不充分问题。这些辛勤劳动、为了温饱而奋斗的普通百姓——特别是中国劳动女性，依然还是中国发展、中华民族伟大复兴的根本动力和源泉。

尚未完成的历史

包括《白鹿原》在内的一系列经典作品的根本价值，也许不在于什么"纯文学"的意义。它们最大的意义在于，从正反两个方面，极为复杂地揭示了波澜壮阔的中国现代进程。这个进程告诉我们：回到传统不是出路，走西方的道路不是出路。而马克思主义经典作家也并没有告诉我们：究竟怎样走才是我们中国人自己的复兴之路。

实际上，我们的伟大导师马克思和恩格斯也曾经把"农村臣服于城市、东方臣服于西方"视为人类现代进程的一种"必然"，但是，这不是我们照本宣科走过的现代之路。

无论怎样，农耕，是我们文明的底蕴；千百万个村庄，是我们的家园；亿万农民，是中国人民的主体；乡村振兴，是中国共产党人和中国人民自己的现代之路的必然组成部分。这是前无古人的道路。

今天，只有当这条波澜壮阔的道路如此清晰地呈现在世界面前的时候，我们才会真正深刻认识到：中国的，就是世界的；我们才会深刻认识到：我们所分析的上述文学经典，可以毫无愧色地屹立于世界文学经典之林。只有具备长时段的历史视野，我们才能真正认识我们自己，并以中国的特点、中国的经验，充满自信地重新认识我们的新文学。

在这样的道路上，在这样的文学中，家与国，从来就没有分离。正如在我们的历史上，"封建"与"郡县"总是在追求着统一——"话说天下大势，合久必分，分久必合"，我们总是需要正反两个方面的经验——也许，只有在这样的中国式的大历史观中，具备了这样的辩证视野，我们才能"不畏浮云遮望眼"，才能深刻理解中国现代进程中的"封建"与"反封建"。

结　语

　　"封建与反封建"是和中国现代进程紧密相连的基本范畴。它曾是我们历史进程的重要主题，围绕这一范畴的中西之辩，长期酿成了当代学界争论的重点。以此为切入点，笔者在本书中首先回溯了20世纪80至90年代，从"新启蒙"到"文化保守主义"的转型。也就是这种回溯，使笔者回到了马克思的经典论述，使笔者发现，无论彼时所持的"反封建"观念，或是宣扬重估、反对"泛封建"的立场，我们以往都有意无意地忽视了马克思关于"小生产"与工业化"大生产"之间关系的论述。

　　实际上，马克思曾先后在《政治经济学批判（1856—1857年手稿）》和《资本论》中专门论述过中国、印度等东方国家的社会特征：

> 　　在印度和中国，小农业和家庭工业的统一形成了生产方式的广阔基础……因农业和手工制造业的直接结合而造成的巨大的节约和时间的节省，在这里对大工业产品进行了最顽强的抵抗。①

---

① 　《资本论》（第3卷），人民出版社2004年版，第373页。

在这里，马克思一方面明确了中西"封建"之不同，另一方面也指出了中国传统社会并非以纯粹的农业经济为基础，也不同于封建农奴制经济，而是包含着商业、手工业乃至金融货币活动在内的、可以造成"巨大节约和时间节省"的"小生产"。

针对欧洲资本主义大生产和农奴制，马克思区别出了一个反思性的"小生产"视野。在马克思看来：俄国在现实层面难以通过农奴制中的"农村公社"，在不经历商品经济的前提之下跨越至现代经济；与西欧、俄国所不同的东方社会的"小生产"具有商品经济的因素，因此能对资本主义工业化"大生产"构成"顽强抵抗"；"小生产"与工业化"大生产"之间，既存在着"顽强抵抗"，也存在着结合的可能。

在这里，马克思说明：如果以政治经济学批判的视角展开对租地农场、经营地主，乃至工业化"大生产"的反思，便可能获得一种观察东方社会"小生产"模式的视角，进而对世界现代进程的"普世性"采取批判态度；另一方面，只有对传统中国的"小生产"范式及其在近现代历史进程中所表现出的"顽强性"采取批判态度，才能使其在新的历史条件下得以与"大生产"共存并焕发活力。

马克思的经典论断昭示着：用西方的"封建"概念来解释中国的历史是不够的。

从这种反思的视角出发，笔者搜集、研究了20世纪20至30年代关于中国社会性质论战的一系列材料，重新审视了茅盾的经典作品——《子夜》与"农村三部曲"。这一系列作品整体思考了中国现代经济资本化的过程：随着帝国主义资本结合官僚买办势力进入中国，一边是大量外来廉价农产品、制造业商品的倾销；另一边是高利贷大地主携农村资本进入城市的商业投机领域，而这也正是茅盾力图刻画的社会图景。

　　中国的新民主主义革命完成的是资产阶级国民党的革命任务。它的一个重要内容就是，在金融买办势力毁灭性的压迫下，恢复、解放中国社会经济结构的基础——"小生产"。以此观之，中国革命首先以"耕者有其田"为目标，推翻了地主阶级的统治，消灭了凌驾于"小生产"之上的剥削制度，摧毁了帝国主义、官僚买办与地主制经济构成的社会结构，由此保护了农村的农业与手工业，恢复了"小生产"。这一过程并非将小生产者转化为无产阶级，而是在不断深化对地主阶级认识的同时，以统一战线、鼓励新富农的形式将小生产者团结起来。丁玲的《太阳照在桑干河上》，正是上述内容在革命形势变化当中的体现。与此同时，我也根据杜赞奇提出的"保护型经纪"和"营利型经纪"之间的区分，重新展开了审视《太阳照在桑干河上》的独特视角。

　　"小生产"的命运，一定是要被"社会化大生产"无情地摧毁吗？如果不是这样，那么，"小生产"与社会化"大生产"之间的结合点何在？困扰着"小生产"向"大生产"迈进的"瓶颈"究竟何在呢？

　　这个根本的"瓶颈"就是资本。但这里的资本不是冯云卿所代表的农村高利贷资本，更不是赵伯韬所代表的西方帝国主义资本，而是马克思所说的"作为一种社会力量的资本"。这种"作为一种社会力量的资本"，在新中国社会主义进程中所产生的"供销信用合作社"中初露端倪。

关于这种资本，马克思这样说：

> 资本是集体的产物，它只有通过社会许多成员的共同活动，而且归根到底只有通过社会全体成员的共同活动，才能运动起来。
>
> 因此，资本不是一种个人力量，而是一种社会力量。
>
> 因此，把资本变为公共的、属于社会全体成员的财产，这并不是把个人财产变为社会财产。这里所改变的只是财产的社会性质。它将失掉它的阶级性质。

这是我着手分析《创业史》的一个关键。

回顾"过渡时期总路线"，农村与农业生产中的互助、合作、信用、供销等因素皆为"小生产"的现代转化，为农业、手工制造业与商业、重工业、科技提供了契合点。这也是《论十大关系》中所指出的，在强调要警惕苏联模式缺点和错误的基础上，要注重农业、轻工业与重工业的关系，注重国家、生产单位和生产者个人之间的关系。

经济的叙述，不能代替政治的、制度的叙述。西方的普遍化叙述，不能代替中国自己的叙述方式。在中国的叙述中，"封建"

是一个在与"郡县"的对比中形成的制度概念。或者说，在中国历史的叙述当中，"封建"与"郡县"作为相互补充的概念，其主要表述的是中央与基层之间在分与合之间转换的天下大势。

从这个意义上说，《白鹿原》的突破点在于，用传统中国"封建—郡县"之间的关系，重新叙述了中国农村社会变革的问题。从80年代"离土不离乡"的乡镇发展到"离土又离乡"的城镇，进而再到80年代末期所逐步开始推行的"乡村自治"。90年代"新保守主义思潮"的出现并不是孤立的，而是伴随着农村基层社会出现的现实问题而发生的，在新的复杂形势之下所采取的一种"中国的现代表述"。

这部作品所探讨的问题，当然不会随着本书写作的告一段落而结束。相反，它将随着"世界百年未有之大变局"的到来，日益磅礴而深化。研究，不可能为未来下结论，而道路只能存在于实践的远方。

对于未来的想法

有太多疑问没有回答

关于面包和理想

还有平凡和伟大

那就这样出发

再见吧和我一样匆忙的人啊

你们的歌声在深夜的梦里轻轻回响

尚未完成的历史

时间会回答成长

成长会回答梦想

梦想会回答生活

生活回答你我的模样

海洋会回答江湖

江湖会回答河流

河流会回答浪潮

一起跃入人海

做一朵奔涌的浪花

参考文献

一、文学作品

1. 茅盾：《子夜》，北京：商务印书馆 2018 年版。

2. 茅盾：《农村三部曲：春蚕·秋收·残冬》，北京：民主与建设出版社 2017 年版。

3. 丁玲：《太阳照在桑干河上》，北京：人民文学出版社 2019 年版。

4. 柳青：《创业史》，北京：中国青年出版社 2019 年版。

5. 陈忠实：《白鹿原》，北京：人民文学出版社 2019 年版。

二、人物传记

1. 茅盾：《我走过的道路》，北京：人民文学出版社 1997 年版。

2. 蒋祖林：《丁玲传》，北京：人民文学出版社 2018 年版。

3. 刘可风：《柳青传》，北京：人民文学出版社 2016 年版。

三、文献资料

1.《马克思恩格斯全集》，北京：人民出版社 2006 年版。

2.《马克思恩格斯选集》（第 1、2、3、4 卷），北京：人民出版社 2012 年版。

3.《马克思恩格斯文集》（第 1 卷），北京：人民出版社 2009 年版。

4.《列宁全集》（第 27、28 卷），北京：人民出版社 1990 年版。

5.《列宁斯大林论中国》，北京：人民出版社 1965 年版。

6. 中共中央文献研究室编：《毛泽东文集》（第 1—3 卷），北京：人民出版社 1993—1996 年版。

7.《毛泽东选集》（第 1—4 卷），北京：人民出版社 1991 年版。

8. 中共中央文献研究室编：《毛泽东早期文稿》，长沙：湖南出版社 1990 年版。

9.《毛泽东农村调查文集》，北京：人民出版社 1982 年版。

10. 缪楚黄主笔：《毛泽东思想的历史发展》（上卷），北京：红旗出版社 1987 年版。

11. 中共中央文献研究室、中国井冈山干部学院编：《毛泽东中央革命根据地斗争时期调查文集》，北京：中央文献出版社 2010 年版。

12. 中共中央文献研究室编：《毛泽东思想形成与发展大事记》，北京：中央文献出版社 2011 年版。

13. 中共中央文献研究室编：《毛泽东思想年编》，北京：中央文献出版社 2011 年。

14. 中共中央文献研究室编：《毛泽东年谱（一九四九—一九七六）》，中央文献出版社 2013 年版。

15. 中共中央文献编辑委员会编：《周恩来选集》（上卷），北京：人民出版社 1980 年版。

16.《邓小平文选》（第 2—3 卷），北京：人民出版社 1994 年版。

17.《张闻天选集》，北京：人民出版社 1985 年版。

18.《张闻天文集》（第 1—2 卷），北京：中共党史出版社 1990、1993 年版。

19.《中国共产党第十三次全国代表大会文件汇编》，北京：人民出版社 1987 年版。

20. 中央档案馆：《中共中央文件选集》（第 1—13 册），北京：中共中央党校出版社 1991 年版。

21.《中共党史教学参考资料汇编》（第 1 集）（内部资料），1961 年。

22. 中国人民解放军政治学院党史教研室编：《中共党史教学参考资料》（第 13 册），北京：中国人民解放军政治学院教研室 1985 年版。

23. 中共中央党校党史教研室选编：《中共党史参考资料》（第 5、6、7、8 册），人民出版社 1979、1980 年版。

24. 中共中央文献研究室编：《十二大以来重要文献选编》（下），北京：人民出版社 1988 年版。

25. 中共中央文献研究室编：《十六大以来重要文献选编》（上、中），北京：中央文献出版社 2005、2006 年版。

26. 中共中央党史研究室：《中国共产党历史 第 1 卷（1921—1949）》，北京：中共党史出版社 2011 年版。

27. 中国人民大学马克思列宁主义教研室编：《国际共产主义运动史资料汇编之九第三国际》，北京：中国人民大学出版 1958 年版。

28.《共产国际有关中国革命的文献资料（1919—1928）》，北京：中国社会科学出版社 1981 年版。

29.《关于建国以来党的若干历史问题的决议》，北京：人民出版社 1981 年版。

30.《共产国际与中国革命资料选辑（1925—1927）》，北京：人民出版社 1985 年版。

31.《中国共产党宣传工作文献选编（1915—1922 年）》，北京：学习出版社 1996 年版。

32. 中共中央党史研究室第一研究部译：《联共（布），共产国际与中国苏维埃运动（1931—1937）》（第 13 卷），北京：中共党史出版社 2007 年版。

33. 中共中央党史资料征集委员会、中央档案馆编：《遵义会议文献》，北京：人民出版社 2009 年版。

34. 中共中央党史研究室第一研究部编：《共产国际、联共（布）与中国革命资料选辑（1917—1925）》，北京：北京图书馆出版社 2011 年版。

35. 冯和法：《中国农村经济资料》，上海：黎明书局 1935 年版。

36. 冯和法：《中国农村经济资料续编》，上海：黎明书局 1935 年版。

37. 冯紫岗、刘瑞生编：《南阳农村社会调查报告》，上海：黎明书局 1934 年版。

38. 国家统计局：《1954 年我国农家收支调查报告》，北京：统计出版社 1957 年版。

39. 河北省档案馆编：《河北土地改革档案史料选编》，石家庄：河北人民出版社 1990 年版。

40. 华北人民政府农业部：《华北农业生产统计资料》1949 年 6 月。

41. 华北解放区财政经济史资料选编编辑组：《华北解放区财政经济史资料选编》（第一、二辑），北京：中国财政经济出版社 1996 年版。

42. 华北财办财政组：《华北解放区农民收入与负担问题材料汇编》1948 年版。

43. 人民出版社编辑部编辑：《新区土地改革前的农村》，北京：人民出版社 1951 年版。

44. 章有义编：《中国近代农业史资料》（第二辑）（1912—1927），北京：三联书店 1957 年版。

45. 章有义编：《中国近代农业史资料》（第三辑）（1927—1937），北京：三联书店 1957 年版。

46. 薛暮桥、冯和法编：《解放前的中国农村》，北京：中国展望出版社 1985 年版。

47. 中国社会科学院科研局组织编写：《陈翰笙集》，北京：中国社会科学出版社 2002 年版。

48. ［美］杜赞奇：《文化、权力与国家——1900—1942 年的华北农村》，王福明译，南京：江苏人民出版社 1996 年版。

49. 费孝通：《中国绅士》，北京：中国社会科学出版社 2006 年版。

50. ［美］黄宗智：《华北的小农经济与社会变迁》，北京：中华书局 2000 年版。

51. ［美］黄宗智：《中国乡村研究》（第一、二辑），北京：商务印书馆 2003 年版。